Paradiesvogel

und andere
Kurzgeschichten

von Jutta Sybille Schütz

Zweite Auflage 2025, © Jutta Sybille Schütz
www.jutta-sybille-schuetz.de
Erste Auflage 2023, © Ulrich Diehl
und Medienservice GmbH, Darmstadt
Umschlaggestaltung: Lena Neumann
Foto: Adobe Stock / FotoCorn
Satz: Lena Neumann
Verlag: BoD · Books on Demand GmbH,
Überseering 33, 22297 Hamburg, bod@bod.de
Druck: Libri Plureos GmbH, Friedensallee 273,
22763 Hamburg
ISBN: 978-3-7693-5608-3

Zu diesem Buch

Manche dieser Kurzgeschichten haben selbst eine lange Geschichte, weil sie vor etlichen Jahren schon entstanden. Glossen und Short Storys von mir, die in Zeitungen und Zeitschriften abgedruckt worden sind, etwa im Darmstädter Frauenmagazin „Mathilde", habe ich überarbeitet und für diesen Band angepasst. Andere habe ich ganz frisch und neu für dieses Buch geschrieben. Hinter manchen Erzählungen stecken wahre, skurrile Begegnungen und Begebenheiten, die mich zum Ausmalen reizten. Als Journalistin mit der Verpflichtung zu ehrlich berichteten Fakten habe ich an meiner Phantasie gezweifelt. Aber das lustvolle Spiel mit der Sprache hat moderne Märchen entstehen lassen. Banales und unser Umgang damit wird in anderen Geschichten ironisch betrachtet.

Menschen zum Schmunzeln oder gar zum Lachen zu bringen, hat mich schon immer gereizt. Ein familiäres Erbe. Selbst bei Lesungen aus meinem 2022 im Ulrich Diehl Verlag erschienenen „Seelenvulkan – Roman einer Depression", der ein ernstes Thema aufgreift, höre ich manchmal ein Glucksen im Publikum. Das freut mich, und ich denke dabei: „Gut so!" Denn alles Schwere wird leichter durch Humor, den man wiederum auch ernsthaft betrachten kann, wie Christian Morgenstern (1871-1914): *„Humor ist äußerste Freiheit des Geistes. Wahrer Humor ist immer souverän."* Ich hoffe, dass das Vergnügen, das ich beim Ausdenken und Schreiben der hier versammelten Geschichten habe, auch zum Lesevergnügen führt.

Jutta Sybille Schütz

Inhalt

Aufgefangen

Aus dem Tagebuch von Max

Zur Autorin

On Tour

Wettbewerbsreisen

Reisejournalisten sind – viel beneidet – eine Sorte Mensch für sich, vor allem, wenn sie bei Pressereisen in kleiner oder größerer Gruppierung auftreten. Nein, keine einheitliche Sorte Mensch, natürlich alles Individualisten, Reiseprofis, die vom ersten Moment des Zusammentreffens an in heimlichen Wettbewerben gegeneinander antreten. Da gibt es zunächst den Wettstreit um das kleinste, aber praktisch für alle Gelegenheiten perfekte Gepäck. Vielleicht ist es derjenige, der noch am Tropenstrand seine All-in-One-Wanderstiefel trägt, nur dort ohne Socken? Oder es mag diejenige sein, die am Flughafen gar kein Gepäckstück aufgeben muss, jedem Wetter standhält und am Abschiedsabend in glänzender Robe mit tiefem Dekolleté und High Heels Furore macht.

In aufmerksamer Beobachtung geschult, beobachten sich die zu dieser Reise Eingeladenen gerne gegenseitig (verdeckte Ermittlung): Wer ist im Flugzeug am coolsten (kriegt keine feuchten Hände oder verkrampften Beine beim Start) und vertieft sich ungerührt in die Tageszeitungen bis zur Landung? Wer spricht die Sprache des besuchten Landes am besten und kann damit hautnah recherchieren (überall Leute anquatschen)? Wer sucht und findet die ausgefallensten Perspektiven für Fotomotive, wagemutig balancierend auf dem höchsten Felsen oder gar über allem schwebend vom mitgeschleppten Ultra-Light-Flieger aus (ja, wirklich!)? Wer bekommt das schönste und größte Hotelzimmer (und warum?)? Und überhaupt: Wer wurde schon bei früheren Pressereisen am meisten verwöhnt und kann deshalb am besten über alles meckern?

Wer verträgt die Landesküche mit dem größten Genuss (ohne Moctezumas Rache)? Wer schreibt am meisten mit (oder hat es gar nicht nötig)? Wer kann am längsten an der Hotelbar aushalten (und sackt dabei die meisten Insider-Informationen ein), ohne vom Hocker zu kippen? Wer kennt die meisten Kolleginnen und Kollegen (und ihre Affären auf Pressereisen)? Wer kann zu später Stunde die originellsten Witze erzählen, über die noch beim Cocktailempfang eines Fremdenverkehrsamts nach Jahren gelacht wird? Und wer ist dann am nächsten Tag trotzdem wieder fit oder tut wenigstens so?

Schließlich: Wer schreibt die schönste Reportage für welches Blatt oder welchen Sender und wird in Fachkreisen dann „Edelfeder" genannt? Das kriegt die mitreisende Konkurrenz oft gar nicht mit. Es sei denn, es werden auf solchen Wettbewerbsreisen Freundschaften fürs Leben geschlossen. Soll vorkommen, wie in jeder ganz normalen Gruppenreise.

Fieseler Storch

Wissen Sie, was ein Upgrading ist? Es ist ein Privileg. Ein Glücksfall sondergleichen. Stellen Sie sich vor, Sie haben einen Flug in der Economy Class gebucht, kommen am Flughafen an und erfahren am Gate, dass man Sie ausnahmsweise in der nächsthöheren Klasse, der Business- oder gar der First Class, unterbringen wird. Sie sind verwirrt, doch dann die Aufklärung in verschwörerischem Flüsterton: „Unsere Maschine ist leider überbucht …"

Nehmen wir mal an, Sie haben auf diese Weise völlig unvermutet einen breiten Fauteuil in der First Class ergattert und greifen vor dem Start, noch etwas verwirrt, nach dem Glas prickelnden Champagners aus der Hand der lächelnden Stewardess. Anscheinend weiß sie nicht, dass Sie für diesen Platz nicht den angemessenen Preis bezahlt haben. Oder sie lässt es sich nicht anmerken und beginnt mit First-Class-Verwöhnung wie bei den anderen, wenigen Fluggästen im vordersten Flugzeugabteil, das mit einem Vorhang vom Rest der Passagiere abgeschirmt ist.

Kurz vor dem Abflug gibt es eine kleine Unruhe in dieser hochfliegenden Welt des Luxus'. Ein Paar wird auf die letzten, noch freien Sessel Ihnen schräg gegenüber geleitet. Er, anscheinend schwer verletzt, trägt einen Verband um das rechte, geschiente Bein. Er muss es starr ausstrecken, deshalb hat man wohl auch ihm ein Upgrading ermöglicht; musste es tun, um den guten Namen der Fluggesellschaft zu wahren, denn in der engen Economy Class wäre offensichtlich nicht genug Platz für dieses Bein.

Sie schauen diskret in eine andere Richtung. Dann der Start, so angenehm wie nie zuvor. Sie genießen dieses wunderbare Gefühl, das jedoch nicht lange währt, denn noch unterhalb der Wolkendecke beginnt wieder der Service der von ihrem Platz hochgeschnellten Stewardess. Eine Speisekarte für ein Gourmet-Menü wird Ihnen überreicht. Doch nach einem verstohlenen Blick auf ihren Nachbarn schrillen bei Ihnen die Alarmglocken, denn er beginnt seinen Verband abzuwickeln!

Sie geraten in Panik, denn Sie wollen sich gar nicht vorstellen, was darunter zum Vorschein kommt … Sie klammern sich mit ihren Händen an den Sessellehnen fest und schließen verzweifelt die Augen. Nach einer

Weile wagen Sie es, vorsichtig zu blinzeln: Der Spuk ist vorbei! Der „Behinderte" sitzt da, fröhlich, völlig unbehindert, denn er hat sein rechtes Hosenbein nun heruntergelassen. Und er albert mit seiner Begleiterin herum. Sie verstehen nicht. Sie sind fassungslos. Da raunt Ihnen der ältere Herr hinter Ihnen zu: „Wie im Fieseler Storch."

„Fieseler Storch?"

„Ja doch! Der ‚Storch' war ein Propellerflugzeug mit hochbeinigem Fahrgestell, das im Krieg als Beobachtungsflugzeug an allen Fronten eingesetzt wurde. Denn mit diesem Fahrgestell konnte es auf fast jedem Gelände landen."

Sie verstehen nur Bahnhof. Doch dann erklärt Ihr Hintermann: „Der Fieseler Storch wurde auch zum Transport von Verwundeten eingesetzt. Zwei bis drei fanden auf Tragen hinter dem Piloten Platz. Und der da vorne ist übrigens der Fernsehschauspieler ..."

Da macht der dicke Jumbo einen Hüpfer, und der Name des Mimen bleibt dem Hintermann im Halse stecken.

Ria und Karl auf Kreuzfahrt

Ria ist verwitwet, genau wie Karl, der nach dem Tod seiner Frau lange alleine geblieben war. Doch Ria ist kein Kind von Traurigkeit, sondern sprüht vor Leben, auch noch mit 75. Das hat Karl überwältigt, als er sie kennenlernte. Er hat sie des Öfteren besucht in ihrem gemütlichen Haus im Odenwald, und irgendwann ist er ganz bei ihr geblieben. Jetzt genießen sie zusammen einen ganz und gar nicht beschaulichen Lebensabend. Ria kocht gut und deftig, was den beiden figürlich nicht unbedingt gut tut. Aber es schmeckt Karl bei ihr, nicht nur am Esstisch.

Manchmal gönnen sich die beiden eine Reise. Und schon vor Jahren haben sie ihre ideale Reiseart entdeckt: Kreuzfahrten! Sie begannen mit einer Woche auf dem Mittelmeer, inzwischen haben sie auf diese Weise die halbe Welt kennengelernt: von der Karibik bis zum Nordkap. Ohne allzu große Mühen, denn wenn sie an Bord gegangen sind, packen sie in ihrer Kabine nur einmal den Koffer aus, genießen die Mahlzeiten an ihrem Stammplatz im Restaurant, das Tagesprogramm an Deck oder an Land und das Abendprogramm mit Show und Tanz. Ria liebt das Captain's Dinner. Bei der letzten Kreuzfahrt auf einem Nildampfer wurde das Seniorenpaar dabei sogar an den Tisch des Kapitäns gebeten. Eine ganz besondere Ehre, wie Kreuzfahrtfans wissen. Der ägyptische Kapitän machte Konversation auf Englisch und spendierte die Getränke zum festlichen Abendessen. Ria hat ihm mit Nilwein zugeprostet und immer lauter gelacht, während Karl Mühe hatte, mit ihrem Getränkekonsum und ihrer Redseligkeit mitzuhalten.

Nach einem Ehrentänzchen wankten die beiden durch die langen Gänge, hielten sich manchmal an den Griffstangen oder gegenseitig fest, bis sie in ihre Kabine gelangten, eine geräumige Außenkabine mit großem, rundem Bullauge, durch das die Sterne über der ägyptischen Wüste hineinblinkten. Ria warf sich in voller Galamontur aufs Bett und war im nächsten Augenblick schon eingeschlafen. Sie träumte von göttlichen Pharaonen, aber auch vom schnauzbärtigen Captain und hatte deswegen sogar im Traum ein schlechtes Gewissen ihrem guten Karl gegenüber.

Irgendwann, mitten in der Nacht, ist sie von einem Klopfgeräusch aufgewacht. Es war ein regelmäßiges Pochen an die Kabinenwand, immer fünf Mal. Ria versuchte, sich zu konzentrieren, konnte sich aber keinen Reim auf das Geräusch machen und wollte Karl nicht deswegen wecken. Sie schlief wieder ein, wachte aber bald erneut auf. Und wieder vernahm sie dieses nicht allzu laute Klopfen. Es wurde ihr unheimlich und sie griff neben sich. Die linke Betthälfte war zwar warm, aber leer. Ria erschrak und rief: „Karl, bist du im Klo?" Da hörte sie eine zaghafte Stimme, mehr ein Flüstern, doch es kam nicht vom Klo, sondern von der Kabinentür her. Und schließlich vernahm sie Karls Ruf: „Ria, mach auf!" Sie schlüpfte in ihre Pantoffeln und öffnete erstaunt die Tür: Da stand Karl im Pyjama und drückte sich an ihr vorbei in die Kabine. „Was schaffst du denn da draußen, Karl?", wunderte sich Ria. Und Karl musste ihr gestehen, dass er – mit einem dringenden Bedürfnis im Leib – leider die Klotür mit der Kabinentür verwechselt und sich plötzlich auf dem Gang wiedergefunden hatte. Schon im nächsten Moment war die Kabinentür hinter ihm wieder ins Schloss gefallen. Im Schlafanzug konnte er sich nicht allzu weit davon entfernen, um eine öffentliche Bordtoilette zu suchen. Und in seiner Verzweiflung ob des immer stärker werdenden Harndrangs hatte er schließlich in eine Ecke des Kabinengangs pinkeln müssen. Er schämte sich schrecklich.

Doch Ria grinste nur. Die Tücken des Alters ... Zu zweit ließ sich doch alles mit Humor ertragen. Als echte Odenwälderin hielt sie Karl vor: „Du kannst frou soi, dass de misch host – un aach wan de net frou bist, hoste misch trotzdem! Aber jetzt mach' dassde widder ins Bett kummst" , befahl sie Karl. „Morsche geht's zu Abu Simbel!"

Märchenhaft

Die Linkshänderin

„Handschuh?", fragte Jule mit einem schelmischen Lächeln, das ihre Pausbacken in die Breite zog. Und dabei deutete sie mit dem Zeigefinger ihrer linken Hand auf die hochgewölbte, rosafarbene Decke vor ihrer Nase. Ungläubig beugte sich die Mutter über den Handkarren, den sie mit einer kleinen Matratze und einem Verdeck zum Kinderwagen umgewandelt hatte. Wenn die Kleine, noch kein Jahr alt, plötzlich die Handschuhe, die die Mutter ausgezogen und auf die Decke gelegt hatte, benennen konnte, dann war nicht von der Hand zu weisen, dass es sich bei Jule um ein intelligentes Kind handeln musste. „Ja, Handschuh", bestätigte die Mutter stolz ihrer Tochter, deren einziger, bis jetzt feststellbarer Makel darin zu liegen schien, dass sie mit allen ihr zur Verfügung stehenden Kräften darauf bestand, Linkshänderin zu sein. Ihre rechte Hand war im Vergleich zur linken bereits deutlich unterentwickelt, weil sie sie zu nichts, aber auch rein gar nichts benutzen wollte. Nach den Haaren der Mutter, nach dem Finger des Vaters griff Jule nur mit der linken Hand, und wenn Tante Emma zu Besuch kam und spielerisch ihre rechte drücken wollte, um ihr einen guten Tag zu wünschen, dann zog sie sie rasch zurück und schlug nach ihr, natürlich mit links.

Wenn man ihr später in der Schule nachsagte, dass sie alles aus dem Handgelenk zu schütteln verstünde, dann war jedem, der Jule kannte, klar, dass damit nur ihr linkes Handgelenk gemeint sein konnte. Ihre Aufsätze gingen von Hand zu Hand, und über ihre deutliche Handschrift konnte man sich nur wundern, wenn man dabei bedachte, dass sie alles mit links erledigte. Nur in einem Schulfach bedeutete diese Linkslastigkeit ein ernsthaftes Handicap für das Mädchen, und das war ausgerechnet in dem Fach, in dem man bei allen Schülerinnen eine natürliche Begabung voraussetzte: Handarbeiten. Hier wollte ihr nichts von der Hand gehen, kein Häkeltopflappen, keine Handtuchstickerei brachte sie zu Ende. Während dieser Schulstunde streikte ihre sonst so geschickte linke Hand, und die rechte war ohnehin zu nichts zu gebrauchen.

„Wer wird wohl jemals um die linke Hand unserer Tochter anhalten", fragte sich händeringend die Mutter, aber der Vater, er war Vertreter einer Handelsfirma, wischte ihre Bedenken mit einer großzügigen Handbewegung vom Tisch: „Wir schicken sie auf die Handelsschule, damit sie was Handfestes lernt und sich mit eigenen Händen ernähren kann", verkündete er. Das war

allerdings nicht im Sinne von Jule, die hinter dem zuge-
zogenen Vorhang ihres Klappbetts am liebsten Handke
las und irgendwann so schreiben können wollte wie er.
Doch obwohl sie sich monatelang mit Händen und Fü-
ßen gegen diese väterliche Entscheidung wehrte, konnte
sie sie nicht zu Fall bringen. Noch war sie nicht volljäh-
rig, noch lag ihr Schicksal in des Vaters Hand, der sich
seine elterliche Handlungsvollmacht in diesem Fall nicht
nehmen ließ. Bevor er noch handgreiflich wird, sagte
sich Jule, nehm' ich halt den Spatz in der Hand, wenn
ich die Taube auf dem Dach, und dabei dachte sie an
Abitur und Universitätsstudium, nicht kriegen kann. Mit
einem ausgezeichneten Zeugnis der mittleren Reife in
der Handtasche verließ sie das Gymnasium – zum größten Erstaunen ihrer Mitschüler und Lehrer, denen sie erklärte, es handele sich um höhere Gewalt.

Der Direktor der Handelsschule streckte ihr höchst-
persönlich die Hände entgegen, denn er war stolz, eine
solch herausragende Schülerin an seinem Institut begrü-
ßen zu können. Im Unterricht war sie zunächst stets mit
einer gescheiten Antwort bei der Hand. Sie lernte, wie
man einen Handel abschließt, wie man Klein- von Groß-
handel unterscheidet und was einen Kuhhandel aus-
macht. Sie las Handelsbilanzen, studierte das Handelsre-
gister und vertiefte sich auch täglich in das Handelsblatt,

aber irgendwann konnte sie das Wort Handel nicht mehr sehen noch hören. Sie begann, den Unterricht zu schwänzen und ließ sich von ihren literarischen Ambitonen dazu hinreißen, mit ihrer Linkshänderinnenschreibmaschine phantasievolle Entschuldigungen zu tippen, unter die sie eigenhändig die geschickt gefälschte Unterschrift ihres strengen Vaters setzte. Dabei kümmerte es sie wenig, dass dies eine strafbare Handlung sein könnte. Als der Schuldirektor sie während der Schulzeit Händchen haltend an der Handelskammer vorbeipromenieren sah, wo er gerade einen Vortrag über „Handel und Wandel" hielt, flog der Schwindel auf.

Der enttäuschte Schulmeister konnte angesichts solch handfester Tatsachen nicht die Hände in den Schoß legen, sondern beschloss kurzerhand, die Angelegenheit selbst in die Hand zu nehmen. Er bat die Eltern zu einem vertraulichen Gespräch in die Handelsschule, wo er sie anhand der gefälschten Briefe im Handumdrehen davon überzeugen konnte, dass Jule wohl in falsche Hände geraten sein musste. Das Beweismaterial sei ausreichende Handhabe für einen Verweis von der Schule, streng genommen sogar ein Fall für den Jugendrichter. „Aber Hand aufs Herz", wer wolle sich schon zum Handlanger der Justiz machen, er jedenfalls wolle dies nicht, beeilte sich der Schulleiter zu sagen, als er sah, dass Jules Vater bei dieser Rede seine Hände energisch in die Seiten gestemmt, während die Mutter die ihren verzweifelt über dem Kopf zusammengeschlagen hatte.

„Das Beste wäre, wir würden Hand in Hand arbeiten, um Jule wieder auf den Boden der Tatsachen zurückzuführen", schlug der Direktor nun in versöhnlichem Ton vor. „Es liegt auf der Hand", fuhr er fort, „dass das Elternhaus eine große Rolle spielt bei der Entwicklung der uns anvertrauten Schüler. Deshalb bitte ich Sie, Ihre Tochter bei der Hand zu nehmen und sie behutsam wieder auf den rechten Weg zu führen." Um unangenehmen Diskussionen aus dem Weg zu gehen, entschuldigte er sich fürs Weitere damit, dass er alle Hände voll zu tun habe.

Wieder zu Hause bat die Mutter den erbosten Vater inständig, seine Hand nicht gegen Jule zu erheben, denn damit würden sie womöglich mit einem Handstreich ihre Tochter für immer verlieren. Doch als Jule ihren Kopf durch die Wohnungstür streckte und einen jungen Mann in farbverschmierter Handwerkermontur hinter sich herzog, hatte sich der Vater einfach nicht mehr in der Hand, sondern schlug diese der in seinen Augen maßlos unverschämten Tochter um die Ohren. Es entstand ein turbulentes Handgemenge, da Willi, so hieß der Handwerksbursche, sich schützend vor Jule stellte und nun seinerseits die Hand von Jules Vater zu spüren bekam. Doch Willi war als kräftiger Handballspieler keineswegs gewillt, sich dies so mir nichts dir nichts gefallen zu lassen. Mit einem Strick, den er in seiner Hosentasche mit sich trug, legte er Jules Vater kurzerhand Handfesseln an und band den verdutzten Mann an einen Stuhl. Während er mit der hilflosen Mutter genauso verfuhr, sah Jule die Chance ihres Lebens herbeikommen, die sie mit beiden Händen ergriff. Im Nu hatte sie einen kleinen Handkoffer gepackt, und Hand in Hand verschwanden die jungen Leute aus dem Haus.

Der wütende Vater beschloss, keine Hand zu rühren, um nach den beiden zu suchen. Selbst wenn die Mutter Handstände machte, würde er sich lieber beide Hände abschlagen, als diesem Miststück auch nur hinterher zu telefonieren. Als der Direktor der Handelsschule von diesem Vorfall erfuhr, beeilte er sich zu erklären, er wasche seine Hände in Unschuld, so weit hätte es nicht kommen müssen, die Eltern hätten es doch in der Hand gehabt, auf ihre Tochter mäßigend einzuwirken. Und Jule und Willi? Eine Weile lebten die beiden von der Hand in den Mund. Jule arbeitete in einem Kosmetiksalon einer fremden Stadt als Handpflegerin, und Willi verdingte sich als schwarzarbeitender Handwerker, bis Jule der Junge irgendwie abhandenkam. Sie war darüber so traurig, dass sie Hand an sich legen wollte. Doch als sie in einem Waffengeschäft nach handelsüblichen Handfeuerwaffen Ausschau hielt, begegnete sie dort einer alten Frau, die ihr unbedingt aus der Hand lesen wollte. Willenlos hielt Jule ihre linke Handfläche hin und erfuhr, dass sie alsbald ein wohlhabender Mann auf Händen tragen werde. Sie würde ihn daran erkennen, dass er sie mit einem Handkuss begrüßte. Geschwätz, dachte Jule und sprang bei Nacht und Nebel – man konnte nicht mehr die Hand vor Augen sehen – in den Fluss, der nur eine Handbreit von ihrer letzten Arbeitsstelle entfernt vorbeifloss.

Wenn sie auch niemand gesehen hatte, so hatte doch jemand das Wasserplatschen gehört, und kurz bevor Jule besinnungslos wurde, spürte sie eine Hand an ihrem Haarschopf. Als sie wieder zu sich kam, lag sie auf einem Lager aus Zeitungspapier unter der Brücke und fühlte, wie zwei warme Hände ihr Herz massierten. Kaum hatte sie die Augen aufgeschlagen, zogen sich die Hände unter ihrer Bluse zurück, und ihr Inhaber deutete mit einer höflichen Entschuldigung einen Handkuss an, vollendet unvollendet, ohne die Hand der verhinderten Selbstmörderin mit den Lippen zu berühren. Und obwohl Jule noch ganz benommen war, bemerkte sie, dass der Fremde, dessen schäbige Kleidung genauso triefte wie ihre, dazu ihre linke Hand ergriffen hatte. Sie hielt diese Hand fest und drückte sie dankbar. Es gibt also noch Menschen, die nicht fromm, aber untätig ihre Hände falten, wenn andere in ihr Unglück rennen wollen, dachte sie.

Und gleich darauf musste sie schmunzeln über die Art und Weise, in der sich die Weissagung der Handleserin zu jenem Teil erfüllt hatte. Sie konnte zu diesem Zeitpunkt noch nicht ahnen, dass ihr Gegenüber beileibe kein armer Schlucker war, sondern dass es sich bei diesem Mann um einen gelangweilten Großindustriellen handelte, der sich vorübergehend aus allen Händeln in seiner Firma zurückgezogen hatte. Auf jeder noch so winzigen Malediveninsel hätten ihn seine Handlanger sicher gefunden, aber unter den Brücken dieser Stadt suchten sie natürlich nicht. Deshalb hatte er hier eine ganze Weile Gelegenheit, Jules Hände und dann auch andere Körperteile zu küssen und zu testen, ob Jule vielleicht endlich diejenige wäre, mit der er sein Leben und seinen Reichtum gern teilen würde. Jule blieb bei ihm, obwohl sie ihn für einen Handtaschendieb hielt, weil er manchmal für einige Stunden verschwand und dann mit gefülltem Handbeutel wiederkehrte. Darin waren dann die köstlichsten Feinschmeckerzutaten, und Jule ging ihm zur Hand, wenn er daraus im Handumdrehen auf einem Gaskocher ein Gourmetgericht zauberte. Als er sie nach einem Monat um ihre Hand bat, sagte sie freudig ja. Erst dann eröffnete ihr der glückliche Verlobte, dass sie von nun an in Saus und Braus leben könne, ohne groß ihre Hände rühren zu müssen.

Jule fragte sich ihr Leben lang, wer bei dieser Wendung ihres Schicksals wohl die Hand im Spiel gehabt habe. Sie baute diese unglaubliche Story – natürlich verschlüsselt – in die Handlung ihres ersten Romans ein, der sofort ein Bestseller wurde und noch heute im Buchhandel erhältlich ist, genauso wie alle ihre anderen Bücher, die sie – das war ihr Markenzeichen – nicht etwa auf einem Computer, sondern alle per Hand, natürlich mit der linken, geschrieben hat. Als erfolgreiche Schriftstellerin konnte sie später auch ihren Mann miternähren, nachdem dessen Firma in Konkurs und deshalb in andere Hände übergegangen war. „Eine Hand wäscht die andere", sagte sie damals zu ihm. Und wenn Jule nicht durch die versehentlich explodierte Handgranate eines niederträchtigen Erpressers hops gegangen wäre, dann lebte sie sicher noch heute.

Paradiesvogel

Carla trägt gerne grün, giftgrün wie mein Papagei Rico. Ich weiß genau, wer zu mir kommt, wenn sie – grell leuchtend – vor meiner geriffelten Glastür steht. Meistens kommt sie zu mir, wenn sie neue Klamotten gekauft hat, zur Begutachtung. „Ob mir das steht? Was meinst du?", will sie dann von mir wissen und stolziert in meinen Flur mit engem, geschlitztem Rock und hochhackigen Schuhen. Eine heikle Frage, denn ich will sie nicht verunsichern. Sie möchte elegant sein, aber ihre Eleganz ist nicht von der vornehm-zurückhaltenden Art. Nein, sie fällt auf, immer und überall. Denn sie ist reizend, um nicht zu sagen aufreizend. So bin ich froh, wenn Rico für mich antwortet: „Oh oh, oh oh...!"

Carla nimmt es mir nicht krumm, wenn ich ihr entgegensinge: „Es grünt so grün, wenn Spaniens Blüten blühen." Die Eliza aus „My fair Lady" musste viel lernen, um in gewissen Kreisen verkehren zu können. Carla erging es ähnlich. Sie hat es geschafft, wie die gelehrige Schülerin von Professor Higgins.

Auf meine Freundschaft mit Carla lasse ich nichts kommen, auch wenn ich manchmal wegen ihr aufgezogen werde. „Deine Busenfreundin, der Paradiesvogel...", meinte kürzlich meine Kusine Beate mit einem ironischen Lächeln. Ich habe ihr zu verstehen gegeben, wie stolz ich darauf bin, dass Carla mich als Nachbarin zu ihrer Vertrauten erkoren hat. Und wenn ich am Revuepalast die Plakate von ihrem Solo-Auftritt sehe, schwillt mir ordentlich die Brust. Im Show-Bizz nennt sie sich nicht Carla – den Namen hielt sie nicht für bühnengeeignet –, sondern Lola.

Lola, LoLoLoLoLola, LoLoLoLoLola: Der Oldie von den Kinks ist auch die Titelmelodie ihrer Show, die ich mir mehrmals anschauen musste, bis ich alle hintersinnigen Details und Anspielungen begriffen hatte. Einen Menschen, der sich selbst karikieren und damit andere zum Lachen bringen kann, bewundere ich.

Seit einer Woche kennt meine Bewunderung für Lola/Carla keine Grenzen mehr. Seit dem Vorfall an der Bushaltestelle gegenüber unserem Haus, dessen Zeugin ich wurde, als ich beim Telefonieren aus dem Fenster schaute. Eine Nonne in schwarzem Habit mit schwarzem Schleier, dem Zeichen des „Gestorbenseins für die Welt", wartete auf den F-Bus, als sich eine Gruppe grölender Jugendlicher näherte. Auch eine Art Paradiesvögel mit lila, roten oder gar dreifarbigen Haarschöpfen, die in steifen Igelfrisuren von ihren Köpfen abstanden. Zu viert umringten sie johlend die junge Ordensschwester und machten sich einen Spaß daraus, ihr bodenlanges

Gewand von hinten anzuheben. Das Nönnchen konnte sich nicht wehren oder weglaufen. Sie stand da wie gelähmt und hielt sich die Hände vors Gesicht.

Ich überlegte gerade, die Polizei anzurufen, als ich sah, dass Carla aus der Haustür gekommen war, um die Straße zu überqueren. Auf ihren High Heels stakste sie nun geradewegs auf die gespenstische Szene zu. Mir schwante nichts Gutes, als ich hörte, wie Carla, mit einem grünen Stockschirm herumfuchtelnd, rief: „Aufhören! Haut ab hier!" Die Punks ließen überrascht von ihrem Opfer ab und wandten sich Carla zu, um dann mit noch lauterem Gebrüll meine beste Freundin zu umkreisen. Mir stockte der Atem. Nun fühlte ich mich selbst wie gelähmt, unfähig die Notrufnummer zu wählen.

„Na, wen haben wir denn da?" rief der Größte der Viererbande, der lila Igel, der plötzlich mit einer Kette rasselte. Carla machte der Nonne ein Zeichen, dass sie verschwinden solle. Und die eingeschüchterte schwarze Maus warf einen verzweifelten Blick zum Himmel, bevor sie sich mit wehender Kutte aus dem Staub machte. Da stand Carla nun allein gegen die vier, nur im Rücken geschützt durch das Wartehäuschen. Ich traute mich nicht, meinen Fensterplatz zu verlassen, um ihr zu Hilfe zu eilen. Bis ich aus dem fünften Stock mit dem Aufzug unten gewesen wäre … Ich wollte lieber alles im Blick behalten und wählte nun hastig die 110. Doch ich hörte nur ein endlos tönendes Freizeichen.

Carla schien zu versuchen, sich verbal zu verteidigen, für eine „gütliche Einigung" zu plädieren. Doch damit geriet sie bei den Angreifern an die falsche Adresse. Ein roter Igel zog an ihren Haaren und riss ihr die langen Locken vom Kopf. Wie einen eroberten Skalp schwang er die Perücke über sich herum. Und Carla war nicht mehr die Carla, die ich kannte. Von diesem Moment an war sie ein anderer Mensch, von dem ich nur aus ihren Erzählungen wusste. Sie hatte mir anvertraut, wie viele Jahre sie einen schier ausweglosen Kampf gegen die Identität geführt hatte, die ihr von Geburt an beschieden war. Dass sie auf dem Weg der Selbstfindung einen Therapeuten nach dem anderen verschlissen hatte, bis sie sich endlich voll und ganz für ihr Frausein entscheiden konnte. Eine einschneidende Entscheidung im wahrsten Sinne des Wortes. Die hart erkämpfte Operation hat Carla endlich glücklich gemacht. „Je suis comme je suis", „Ich bin wie ich bin", ist einer ihrer Lieblingssongs, die sie im Revuetheater vorträgt – mit tiefer Stimme wie Juliette Gréco.

Doch an der Bushaltestelle hatte man sie entzaubert. Ich schickte ein Stoßgebet zum Himmel und konnte die von mir erhoffte Verwandlung beobachten, die in ihr vorging. In diesem Moment, der kein Spaß mehr war, hat sie plötzlich umgeschaltet. Von Carla zu Karl, der früher Trainer in einem Fitness-Studio war. Und Karl versetzte einem der Angreifer einen gekonnten Kinnhaken, der ihn zu Boden gehen ließ. Einen zweiten wehrte er mit einem gezielten Stöckelschuh-Tritt ab, was dieser mit einem hohen Jaulen quittierte. Der Anführer mit dem lila Irokesenschnitt näherte sich nun mit einem heftigen Schwingen seiner Eisenkette. Doch Karl bekam die Kette zu fassen, zog den Kerl zu sich heran und begann mit ihm zu ringen. Nummer vier kam seinem Kumpel mit Fußtritten zu Hilfe. In diesem Moment brauste ein Polizeiwagen mit Sirene und Blaulicht heran. Zwei Polizisten rannten heraus, ich erkannte im Fond sitzend die Nonne. Sie hatte sich nicht sang- und klanglos verdrückt, sondern weltlichen Beistand geholt.

Mit Knüppeln gingen die Polizisten auf die ineinander verkeilten Paradiesvögel los. Sie trennten die Kampfhähne und legten allen auf dem Schauplatz Anwesenden Handschellen an. Nun hielt mich nichts mehr in meiner Wohnung. Ich sauste zum Aufzug, der eine Ewigkeit zu brauchen schien, bis er endlich auf meiner Etage hielt und ich einsteigen konnte. Noch eine kleine Ewigkeit brauchte er, bis er im Erdgeschoss andockte und sich die Tür wieder öffnete. Ich rannte aus dem Haus und über die Straße, um Karl oder Carla beizustehen. Doch da stand schon die Nonne auf dem Trottoir mit Carlas Locken in der Hand. Sie reichte Karl die Perücke, der sie sofort aufzog und damit wieder zu einer – allerdings ziemlich ramponierten – Dame wurde. „Carla Brandner" gab sie an, als die Polizisten die Personalien aufnahmen.

Ein Krankenwagen näherte sich. Ich riet Carla, sich in der Klinik untersuchen zu lassen. „Nur, wenn du mitkommst", bat sie, und ich stieg mit ein. Ein zweiter Krankenwagen fuhr heran für die k.o.-geschlagene Punkertruppe. Ich schaute auf Carla, die nun erschöpft auf einer Bahre lag. „Das hätte schief gehen können", schimpfte ich mit ihr. „Diese Schweinehunde!", ereiferte sie sich mit aufgeplatzter, blutender Unterlippe. Und ich musste ihr innerlich Recht geben. Doch noch viel schwerer wog für mich die Scham über meinen eigenen inneren Schweinehund. Carlas Antennen waren wie so oft weit ausgefahren. „Du musst dir keine Vorwürfe machen!", meinte sie. „Du hättest mir nicht helfen können, dazu fehlen dir die Muckis."

Seitdem trainiere ich mit Carla zweimal die Woche und schlage auf einen Sandsack ein, der von ihrer Wohnzimmerdecke baumelt. Sie hält eine gute Boxtechnik für eine frauengeeignete Selbstverteidigung, weil männliche

Angreifer mit einem gekonnten Kinnhaken einer weiblichen Faust nicht rechnen. Doch dieses gemeinsame Training haut rein in eine frische Wunde in mir, die sich immer tiefer in mein Herz frisst. Ich habe mich in Karl verliebt, in diesen tollen Kerl, der sich furchtlos einer wilden, aggressiven Horde entgegenstellt, um einem wehrlosen Menschen aus der Patsche zu helfen. Nie werde ich Carla das gestehen. Manchmal verfolge ich von den hinteren Reihen des Revuetheaters sehnsuchtsvoll ihre Show. Seitdem ihre genähte Unterlippe verheilt ist, kann sie dort wieder lustvoll singen: *Girls will be boys, and boys will be girls. It's a mixed up, muddled up, shook up world, except for Lola, LoLoLoLoLola, LoLoLoLoLola.*

Ihr ständiger Begleiter

Gestatten: mein Name ist Max. Ich bin Fraukes ständiger Begleiter. Nicht dass Sie denken, diese Rolle hätte ich mir selbst ausgesucht! Nein, Frauke hat *mich* ausgesucht – im Internet. Ich sage nur: moderne Partnersuche … In unserem Fall erfolgreich.

Meistens lächeln die Menschen, die uns begegnen, denn wir sind ein ziemlich ungleiches Paar. Sie ist um einiges größer als ich. Aber das hat ihr nie etwas ausgemacht, was ich ihr hoch anrechne. Neulich allerdings haben wir öffentliches Ärgernis erregt mit unserem gemeinsamen Auftritt. Von diesem Vorfall muss ich Ihnen erzählen.

Alles fing so harmlos an, als Frauke mir mitteilte: „Ich möchte heute Abend einen wissenschaftlichen Vortrag besuchen, hab‘ richtig Lust dazu." Ich hatte keine, habe mir aber nichts anmerken lassen und bin brav mitgedackelt. Denn alleine zu Hause zu bleiben ist nicht mein Ding. Da werde ich leicht melancholisch.

Es war ein soziologischer Vortrag. Ich nehme an, dass Frauke ein besonderes Interesse daran hatte, weil eine Professorin ihn halten sollte, von denen es noch nicht allzu viele gibt. Das hat Frauke wohl neugierig gemacht. Und wenn Frauke sich etwas in den Kopf gesetzt hat …

Sie hat in diesem Fall keine Mühe gescheut, den Ort der Handlung zu erreichen.

Nach einer Fußoperation humpelt sie mit einem Spezialschuh und Krücken herum, so dass wir ein Taxi bestellen mussten, auch weil wir das neue Kulturzentrum, in dem der Vortrag stattfinden sollte, noch gar nicht kannten. Selbst der Taxifahrer wusste nicht genau, wo es sich befindet. Er hat einen kleinen Schlenker gemacht, weil er in eine falsche Straße eingebogen ist, aber dann sind wir doch noch rechtzeitig angekommen. „Sie haben Ihr Ziel erreicht", hätte unser Navi gesagt. Doch Frauke kann mit ihrem Klump-Fuß für einige Wochen nicht Auto fahren, was ich sehr bedaure, denn ich lasse mich gerne von ihr chauffieren.

Um das Gebäude herum standen noch einige Bauzäune, aber der Eingang war überaus elegant, die hohe, schwarze Tür einladend geöffnet. Eine mit dickem, grauem Teppichboden belegte Treppe führte nach oben zu den Sälen, die hier alle nach Sponsoren benannt sind. Vor dem Aldi-Süd-Saal angekommen, stießen wir auf einen Büchertisch, auf dem die Werke der Professorin ausgebreitet waren.

Ich merkte, dass Frauke beeindruckt war. Doch die beiden Damen dahinter, die auch die Eintrittskarten für den Vortrag verkauften, blickten uns missbilligend an.

Ich war so lässig wie immer in meinen braunen, schon etwas abgewetzten Fellmantel gekleidet, und meine Erscheinung erschien wohl nicht dem vornehmen Ambiente angemessen. Normalerweise mache ich mir gar nichts aus dem Geschwätz der Leute, aber nun tat es mir doch etwas leid, als man uns nahelegte, den Ort wieder zu verlassen. Ich hatte nicht im Sinn gehabt, Frauke den Abend zu verderben. Aber ihre Laune war durch diesen Einspruch sofort verdorben. Eine peinliche Situation. Klein beigeben ist Fraukes Sache jedoch nicht. Sie kann manchmal ganz schön stur und hartnäckig sein, um sich durchzusetzen.

So bat sie die beiden Damen, kurz mit der Referentin sprechen zu können. Die saß in einem roten Sessel in der Nähe, und Frauke ging auf sie zu – mit der Frage, ob sie als Journalistin vielleicht das Manuskript vom Vortrag haben könnte. Ich muss gestehen, ich war fasziniert von dieser Person. Sie stand auf, entpuppte sich als groß und schlank – mit einem engelgleichen Gesicht, umrahmt von langen, blonden Locken. Ich war verblüfft. So hatte ich mir eine Soziologie-Professorin nicht vorgestellt, und ich bedauerte etwas mein so sorglos zur Schau getragenes Outfit. Die Professorin hatte kein Manuskript, sondern wollte ihren Vortrag über „Oblivionismus. Eine wissenssoziologische Analyse des Vergessens" mit einer

Powerpoint-Präsentation untermalen. Frauke erschien kurz etwas ratlos, doch merkte man ihr auch die Verärgerung an.

Ihre Krücken hatten wohl einen älteren Herrn aufmerksam gemacht, der sich nun unserer Kleingruppe näherte. „Dr. Watzlawick von der Stiftung für Zukunftsfragen. Kann ich irgendwie behilflich sein?", fragte er. „Vielleicht", meinte Frauke und schilderte die unangenehme Situation. Der Herr schaute von ihr zu mir, ließ sich höflicherweise nichts anmerken und wollte dann von Frauke wissen, ob sie eine Visitenkarte oder einen Journalistenausweis hätte. Den hat Frauke bisher nur selten zücken müssen, aber nun tat sie es, und ich bemerkte den versteckten Triumph in ihren Augen. Ich kenne sie.

Der Herr schien innerlich das Für und Wider abzuwägen und entschied sich dann dafür, großzügig zu sein. Mit einer kleinen, auffordernden Handbewegung gewährte er uns Einlass, und wir schritten – Frauke erhobenen Hauptes, ich so unauffällig wie möglich – hinterher in die Halle, deren schwarzer Marmorfußboden ihrem Auftritt zusätzlichen Glanz verlieh. Ich war stolz auf sie. Was die Professorin zu sagen hatte, habe ich gar nicht mitbekommen. Denn leider bin ich trotz der Aufregung und der reizvollen Erscheinung der Rednerin irgendwann eingenickt und erst wieder beim Schlussapplaus aufgewacht. Es folgte ein kurzes Frage-Ant-wort-Spiel, doch da die Professorin Fraukes Frage nach einem von ihr im Vortrag benutzten Fremdwort nicht klar und eindeutig beantworten konnte und auf eine wei-tere Frage von Frauke nur entgegnete: „Danke für Ihre Anmerkung.", gab mir Frauke ziemlich bald einen Wink. Noch vor Veranstaltungsende standen wir auf, um diesen vornehmen Ort der Kultur und der Wissenschaft zu verlassen.

Herr Dr. Watzlawick stand rauchend am Ausgang und meinte entschuldigend zu Frauke: „Wir haben ein-fach unsere Vorschriften, und es wäre besser, wenn sie das nächste Mal ohne Ihren Hund kämen."

Verklärt aufgeklärt

Auf der Suche nach Krimskrams, den ich auf dem Stadtteilflohmarkt anbieten könnte, stoße ich auf eine im Keller schlummernde Kiste mit der Aufschrift: „Bücher – Jugend". Mitgeschleppt von Umzug zu Umzug – die Geschichten meiner frühen Heldinnen, allen voran der Roten Zora und ihrer Bande. Doch ganz unten im Karton lauern zwei dünne, vergilbte Hefte, die mir meine Mutter gab: ihr Angebot der Aufklärung. Und ich erinnere mich sofort an das Gefühl der Enttäuschung, das mich beim Lesen damals plagte.

Heft eins: „Woher die Kindlein kommen. Der Jugend von 8 bis 12 Jahren erzählt durch Dr. med. Hans Hoppeler". Und die Fortsetzung in Heft 2: „Wie Hannchen Mutter ward". Im Impressum lese ich, dass die Hefte von einem Schweizer Kinderarzt 1919 geschrieben und über hunderttausendmal gedruckt wurden. Nicht, dass Sie denken, ich sei in den 1920er-Jahren aufgewachsen, dann wäre ich ja jetzt eine über Hundertjährige. Nein, nein, ich kam Jahrzehnte später zur Welt. Aber zu meinem achten Geburtstag bekam ich das erste der beiden Hefte, das „kindgerecht" erzählt, „woher die Kindlein kommen" und machte mich mit gespannter Neugier darüber her.

Wie war das nochmal? Ich blättere erneut und lese mich fest. Die Aufgabe des Erklärens hat Dr. Hoppeler an Hannchens Onkel Theophil übertragen, der das Storchenmärchen entzaubern will. Es ist ihm wichtig, die Sache richtigzustellen. Er erzählt, „wie der liebe Gott die Kinder erschafft" und präsentiert seine Version als „eine wahre Geschichte, etwas Hohes und Ernstes, etwas Uraltes und doch immer wieder Neues." Das klang mir mit acht Jahren tatsächlich noch zu hoch und zu ernst. Ich erwartete etwas konkretere Aussagen.

„Aber die kleinen Kindlein", so der Onkel, „werden den Menschen nicht einfach wie ein Geschenk auf den Tisch gelegt, sondern sie müssen sie sich verdienen." Womit hat Onkel Theophil leider nicht verraten. Er hat nur betont, und das ist als Merksatz kursiv herausgehoben: *Was wir selber erarbeitet, durch Anstrengung erworben haben, macht uns größere und tiefere Freude, als was uns mühelos in den Schoß gefallen ist.* Kinderkriegen als Arbeit und Anstrengung, also nicht unbedingt wünschenswert, war meine frühe Folgerung.

„Aber wie passiert es denn nun wirklich?", fragte ich mich unbefriedigt. Der Onkel erzählt, wie ein junges Vögelchen aus einem Ei schlüpft. Für jedes Kind schon nachvollziehbar. Aber dass „auch die kleinen Kindlein aus einem Ei schlüpfen" – wie kann das sein?, habe ich bestimmt gedacht. „Tatsächlich", so Onkel Theophil, „kann niemand dieses Eilein sehen, denn es liegt an einem ganz stillen, traulichen Örtlein verborgen: im Schoße der Mutter!" Nicht auf ihrem Schoß, sondern inwendig befänden sich „zwei wunderbare Kästlein, und in diesen eine Anzahl allerliebster runder Eierchen, aus denen neue Kindlein werden." Ich versuchte, mir das vorzustellen. Es klang in meinen Ohren geheimnisvoll. Und die Onkelerzählung wurde noch mysteriöser: „Die Kästchen sind verschlossen, und ratet mal, wer darf sie wohl öffnen? Der Vater! Durch seine große Liebe zu der Mutter tut sich das Türchen auf, ein Eilein kommt heraus, setzt sich auf ein hübsches, weiches Pölsterchen ganz tief im Schoße der Mutter, und fängt an zu wachsen."

Das ging über meine Vorstellungskraft hinaus, obwohl ich gewisse Märchen, vor allem die abenteuerlichen, sehr gerne gelesen habe. Nachts träumte ich nun gelegentlich von Vater und Mutter als Hahn und Henne, die mich mit ihrem Gegacker nicht schlafen ließen. Ich musste hoffen, mit dem zweiten Büchlein von Doktor Hoppeler, „Wie Hannchen Mutter ward – Mädchen von zwölf Jahren an zur Aufklärung erzählt" ins Zentrum des Geschehens zu stoßen. Noch vier Jahre ...

Diese Frist hielt meine Mutter ein, unerbittlich. Sie wollte sicher nichts falsch machen. In ihrem Nachttisch stieß ich auf Heft Nummer zwei, aber sie hat mich erwischt, als ich mich hineinvertiefen wollte und es in ein anderes Versteck gebracht. An meinem 12. Geburtstag war es endlich so weit. Alle anderen Geschenke ließen mich kalt, ich wollte mehr wissen über das Entstehen vom Kind in der Mutter und las begierig die zweite Geschichte. Die wird erzählt von der Frau vom Onkel, also der lieben Tante von Hannchen und ihren vielen Schwestern und Brüdern. Vielleicht weil sie noch besser um den heißen Brei herumreden kann als ihr Mann?

Hannchen besucht die beiden in Basel, wo auch ihre Schwester wohnt und gerade niedergekommen ist. Das Wunder des neuen Lebens, Hannchen erlebt es hautnah, aber sie will es endlich verstehen. Dazu muss sie eine Wanderung mit Tante Helmy unternehmen, die ihre Nichte nun für reif genug hält, „um zu hören wie wunderbar Gott für die Erfüllung seines den ersten Menschen gegebenen Befehles gesorgt hat: Seid fruchtbar und mehret euch und erfüllet die Erde!" Das Marienkäferchen muss als Beispiel aus der Botanik für die Fortpflanzung herhalten, auch das Gänseblümchen, dessen Stammbaum weiter reiche als der der Hohenzollern ... Und dieses Wunder sei nur möglich „durch das

Geheimnis des Samens". Auch der Mensch pflanze sich durch Samen fort, so die Tante. „Was wir nun hier erleben, das übersteigt all unser Denken", sagt die Tante (nicht ich). „Finden sich doch in einem einzigen kleinsten Samenkeimchen nicht nur alle Knochen, Muskeln, Nerven und übrigen Organe in der Anlage vorgebildet, sondern auch die *geistigen* Eigenschaften des betreffenden Menschen." Phantasie und Witz hatte er, der Autor Dr. Hoppeler: „Blaue Augen, buschige Brauen, dunkle Haut, lockiges Haar, muskulöse Arme, zierliche Zähne und vielleicht ein kräftiger Schnurrbart – spazieren alle wie eine feierliche Prozession in solch einen Samenfaden hinein und kommen hernach beim Kinde wieder zum Vorschein."

Aber nun kommt's, so ganz allmählich. Gott habe es so gefügt, erklärt Tante Helmy, dass nicht ein Mensch *allein* sich fortpflanzen könne, sondern „erst wenn ein männlicher und ein weiblicher Keim sich vereinigt haben, ist der Grund zu einem neuen Menschen gelegt." Für Hannchen ist das alles ganz wunderbar, und die Tante fährt fort mit einer anatomischen Lektion, die ihr leicht fällt, da Hannchen kürzlich ein männliches Baby, ein Bübchen, gepflegt hat. Und da gibt es doch im Unterschied zum Mädchen „so ein kleines Hautsäckchen mit zwei kleinen runden Dingerchen drin". Die Tante erklärt ihr, dass das die Hoden sind, „jene kleinen wunderbaren Organe, in denen die männlichen Fortpflanzungskeime, die Samenfäden, entstehen." Nun fehlt aber noch ein Bindeglied zwischen Fäden und Eiern, dachte ich mir damals wohl. Wie kommen die einen zu den anderen? Was sagt die Tante Helmy dazu?

„Das röhrchenartige Gliedlein aber, aus welchem ein Büblein sein Wasser, oft wie ein Springbrünnlein, entleert, dient später als Mittel, durch das die zarten Samenkeime in die weiblichen Organe hinübergeführt werden", erklärt sie mit Bedacht. Büblein, Gliedlein, Brünnlein: Es ist der Text eines Schweizer Autors mit vielen „leins", was alles sehr niedlich und harmlos macht. Ich habe ihn damals – vom Klang her – wohl für ein nettes Märchen gehalten oder eine Heidi-Geschichte.

Die anatomischen Gegebenheiten beim Mädchen, bei der Frau, schildert die Tante ausführlich. Dr. Hoppeler steckt ihr sein Fachwissen zu über Eileiter und Gebärmutter und über die Veränderungen in der Pubertät. Regel, Menstruation, „das Unwohlsein": „Tapfere Mädchen nehmen sich während dieser Zeit zusammen und geben nicht jedem kleinen Schmerz und jeder leichten Störung des Gemütslebens einfach nach, so dass jedermann gleich auf ihren Zustand schließen kann", mahnt die Tante. Nur wenn ein Eilein auf dem Weg durch den

Eileiter befruchtet werde, unterbleibe dieser Zustand. Denn das Ei verwende das angesammelte Blut für sich und wachse im warmen und schützenden Raume der Gebärmutter zum Kindlein heran.

Damit es dazu kommen könne, brauche es die innige Verbindung zweier Menschen, die aber nur im „heiligen Stand" der Ehe gestattet sei, aus welcher durch Verschmelzung der beiden Keime neues Leben hervorgehen soll. „Nur in der Ehe sollen die edlen Organe, von denen wir soeben gehört haben, sich betätigen." Daraus folgt eine Nimm-dich-in-acht-Lehre, die Tante Helmy ihrem Hannchen unbedingt mitgeben will auf ihrem Weg zum Frausein, zum wahren Elternglück: „Wo aber ein Mädchen den Buben nachläuft, wo es unreine Gedanken und Gefühle in seinem Herzen wuchern lässt oder gar in sündhafter Weise die Organe entweiht, die einst gleich heiligen Gefäßen dem Werden neuen Lebens dienen sollen, da ist das künftige Glück dahin." Ob ich mit zwölf schon nach Jungs geguckt habe? Kann schon sein. Meine Mutter erzählte später, dass ich nachmittags immer von zwei Klassenkameraden abgeholt wurde. Zum Herumstrolchen und Spielen. Ich kann mich nicht erinnern, ob „unreine" Spiele dabei waren. Aber gegen „unreine Gedanken" hatte Tante Helmy praktische Tipps parat. „Morgens mit frischem Sprung aus dem Bett, statt bei wachen Sinnen zu träumen; sich öfter kalt abwaschen; fleißig sich bewegen, turnen, schwimmen, wandern; in der Schule und zu jeder Arbeit bei der Sache sein, statt mit den Gedanken abzuschweifen; schlechte Bücher, Bilder und Gesellschaft meiden wie die Pest." Alles klar, Tante Helmy. Aber was genau wäre die Pest in diesem Sinne? Wie merke ich, dass ich mich damit infiziere? Wahrscheinlich hätte ich die Tante heftiger mit Fragen bedrängt als das liebe Hannchen, das lange im Schweigen verharrt, „ganz ergriffen von dem Ernst und der Größe dessen, was es eben gehört hat."

Irgendwie hat Hannchen von der Theorie in die Praxis gefunden, hat doch das zweite Heft den Titel „Wie Hannchen Mutter ward", was so genau nicht geschildert wird. Es ist nur zu lesen, wie sie als glückliche Mutter aus der Geburtsklinik abgeholt wird und ihrem himmlischen Vater dafür von Herzen dankt.

Es kam für mich, wie es kommen musste nach all diesen himmlischen Erzählgirlanden. Es geschah in einer zugigen Hofeinfahrt. Mit klaren, trockenen Worten erklärte mir meine Schulfreundin Marie-Luise, wie der männliche Samen in die Frau gelangt, was mich zunächst sprachlos machte. Doch dann muss ich ausgerufen haben: „So eine Schweinerei! Mit mir nicht ..." Das gibt sie manchmal lachend zum Besten, wenn sie mich und meine fünfköpfige Familie besucht.

Der Vierundzwanzigste

Seit Monaten begegnet Nelly die Zahl 24 – allüberall. Wenn sie auf ihre Digitaluhr schaut, ist es meistens 08:24 Uhr, 11:24, 18:24 oder gar Punkt 24 Uhr. Mitternacht ist seit jeher ihre Deadline am Schreibtisch. Danach verschwimmen die Zahlen und Buchstaben im PC vor ihren Augen, sodass sie dann zu Bett geht, nicht ohne ihr Smartphone aufzuladen, das um diese Zeit manchmal nur noch 24 Prozent Energie hat.

„Was hat das ständige Auftreten dieser Zahl zu bedeuten?", überlegt sie sich. Reiner Zufall oder ein Signal von Außerirdischen, die mich abholen wollen? Oder einfach ein Glücksbringer, eine Vorwarnung, das Glück nicht zu verpassen? „Wenn die Zahl 24 in Ihrem Leben auftaucht, ist das ein gutes Zeichen für Ihr Liebesleben", heißt es auf einer Website, die sich mit Zahlenmystik beschäftigt. Das kann Nelly nicht ernst nehmen, klingt es doch so ähnlich wie ein belangloses Kurzhoroskop aus der Tageszeitung. Aber die 24 verfolgt sie.

Ihre neue Wohnung hat sie über Immobilienscout24 gefunden. Sie liegt in der Akazienstraße 24, natürlich. Jetzt fehlt ihr tatsächlich nur noch eine Liebe zum Glück. Vielleicht zu finden über LoveScout24? Nach drei Verabredungen mit Supersonderangeboten aus dem Online-Katalog, die sich aber als unpassend herausstellten, hofft sie, dass sie nicht 24 Männer treffen muss, um den Richtigen zu finden. Für sie ist jedes Rendezvous furchtbar aufregend, sie muss vorher immer eine Beruhigungspille schlucken, um nicht zu zittern, und manchmal sind die Blind Dates auch peinlich. Dieses Suchenmüssen …, es sollte doch eher ein Gefundenwerden sein. Aber alle, die sich in dieser Partnerschaftsbörse tummeln, wollen gefunden werden und setzen sich deshalb ins beste Licht. Je oller desto doller.

Paul heißt tatsächlich Doller. Aber das erfährt sie nicht gleich, er hat sich bei ihr unter seinem Decknamen Paolo gemeldet zum Chat. Sie stellen fest, dass sie in derselben Stadt wohnen und unterhalten sich eine Stunde und 24 Minuten lang, tippend, scherzend, bis er sie zu einem Telefongespräch überreden kann. Dazu muss sie ihre Telefonnummer herausrücken, in der eine 24 versteckt ist: 238504.

Seine Stimme klingt angenehm sonor in ihren Ohren. Er erzählt, dass er im Theaterchor im Bass singt. Sie könnte ihm ewig lauschen und hat nichts dagegen, als er sie schließlich um einen persönlichen Kennenlerntermin bittet. Sie verabreden sich im Café Wundertüte für den übernächsten Tag – raten Sie mal: nein … – für Mittwoch, den dreißigsten.

Um ihre korrekten Altersangaben kurven beide zunächst elegant herum. Mit Ü65 erscheinen kleine Mogeleien angebracht. Aber bei den Geburtstagen – „wann hast du denn?" – verrät er ihr, dass er so eine Art Christkind sei, geboren am frühen Morgen eines 24. Dezembers. Nelly freut sich, denn dieses Datum könne sie sich gut merken. „So erfreulich war das eigentlich nie", meint er. „Es war eher ziemlich unpraktisch." Zu Kinderpartys konnte er nie einladen, denn an Weihnachten wurde in der Familie nun mal Weihnachten gefeiert. Mit Christmesse und Krippenspiel, festlichem Abendessen, Weihnachtsliedersingen und Bescherung. Dabei erklärten ihm Eltern, Großeltern, Tanten und Onkels, dass seine Geschenke „für beides" unter dem Baum liegen. Später, als Teenager, wollte er nicht mehr auf Party verzichten. Die wurde dann in der Mitte des Sommers nachgefeiert. Als Gartenfest mit Lampions, Grillwürstchen, Bierfass, Discobeat und nachgereichten Geburtstagsgeschenken, endlich.

Inzwischen läuft es anders. Es sei schon zu einer Tradition geworden, erzählt er ihr, dass er am Morgen des 24. Dezembers seine Freunde zu Weißwurst, Laugenbrezeln und Bockbier einlädt. Und sie kommen gerne, um der häuslichen Hektik zu entgehen. Paul weiß, dass sie nicht überlange bleiben, sondern sich spätestens um vier Uhr am Nachmittag angesäuselt trollen, um den Heiligabend brav im Kreis ihrer Familien zu begehen. Für Paul beginnt Weihnachten mit einem Aufatmen und dem Aufräumen des Gläser-, Flaschen-, Teller- und Kerzenchaos' auf seinem lang ausgezogenen Küchentisch.

„Und dann?", fragt Nelly.

„Und dann zelebriere ich mein Reste-Essen und Geschenke-Auspacken vor dem Fernseher mit Familie Hoppenstedt. Über den Loriot-Klassiker kann ich jedes Jahr wieder lachen", gesteht Paul.

Nun lacht Nelly. „Du Ärmster, das klingt fast tragisch. Aber weißt du, wenn ich es recht überlege, bin ich auch eine Art Christkind."

„Was, du hast am selben Tag Geburtstag wie ich?", wundert sich Paul.

„Nein, aber am 24. September."

Paul runzelt die Stirn, hinter der ein Fragezeichen pocht.

„Irgendwann", sagt Nelly, „als ich halbwegs aufgeklärt war und nachrechnen konnte, stellte ich fest, dass ich wohl an Weihnachten gemacht worden bin."

„Ach so!", prustet Paul.

„Ich habe dann vorsichtig meine Mutter gefragt, und sie erklärte mir wörtlich: ,Ach weißt du, damals hatte dein Vater nix anderes, was er mir schenken konnte. Das waren die armen Zeiten."

„Jedenfalls liegen unsere Geburtstage irgendwie komplementär", stellt Nelly fest.

„Vielleicht ergänzen wir uns auch sonst?", murmelt Paul vor sich hin an ihrem Tisch im Café Wundertüte, in dem sie nun schon zwei Stunden lang auf harten Stühlen sitzen und palavern.

„Als ich noch Adventskalendertürchen Tag für Tag öffnete, schaute hinter der 24 immer das geflügelte Christkind heraus", erinnert sich Paul. „Vielleicht warst du damit gemeint!"

„Na, na, na", wiegelt Nelly ab. „Dann wäre ich aber eine Zeitlupenfliegerin …"

„… die erst zig Jahre später als Sternschnuppe vom Himmel fällt!", ergänzt Paul grinsend.

Nelly trinkt den letzten Schluck ihres heißen Pharisäers, der ihre Zunge gelockert hat.

„So ein Vierundzwanziger!", denkt sie – und das für den Rest ihres Lebens, den sie 24 Stunden täglich mit Paul zusammen verbringt, ohne dass sie je wieder vom Zahlengespenst der 24 behelligt würde.

Fatal banal

Die Tube

Sie lag eines Tages in meinem Fahrradkorb. Ja, ich bin bekennende Körbchenfahrerin! In diesem Drahtkorb, der so praktisch ist für meine Handtasche, für Einkaufsbeutel oder den Picknick-Rucksack lag vor einigen Wochen eine Tube. Ich entdeckte sie, als ich das Fahrrad aus dem Hausflur schieben wollte. Eine weiße Tube mit pinkfarbenem Verschluss. *24 hours hand protection balm* stellte sie sich vor. In einer roten Sprechblase immerhin eine Erklärung in Deutsch: „Intensive Pflege für trockene Hände." Darunter: *no oily residues* – hinterlässt keinen Fettfilm. Ich sah es sofort: Mir gehörte die Tube nicht, die Marke war mir unbekannt, ich brauche keine zweisprachigen Cremes. Mir reicht meine brave Kamillhandcreme. Eine Creme, deren „Repairformel" sich aus Sheabutter und Kokosöl zusammensetzt, kommt mir nicht ins Haus. Ich schaue im Internet nach: Die Sheabutter wird aus den Nüssen des afrikanischen Karitébaums produziert. Sowas Exotisches. Sie sei von hellgelber Farbe, heißt es, und habe einen ausgeprägten erdigen, schokoladigen Geruch nach Nüssen und Butter.

Ein solcher Geruch kommt mir aus der Tube allerdings nicht entgegen.

Wem könnte die Tube gehören? Mir fiel konkret niemand ein in unserem Mehrparteienhaus. Also stellte ich sie auf die Treppe. Auffällig, zum Drüberstolpern. Es ist aber wohl niemand gestolpert, bevor ich für zwei Wochen in Urlaub fuhr. Danach kam ich wieder – mit Neugierde und Spannung im Bauch. Ob sich wohl jemand aus dem Haus zu der Tube bekannt hatte? Sie stand nicht mehr auf der Treppe. Aber sie stand nun auf den Briefkästen! Die Wandertube. Ich nahm sie zu mir, gewährte ihr Asyl in meiner Wohnung. Nun steht sie neben meinem Computer und wird beschrieben. Biografisch ist nicht viel drin. Gerne würde ich sie ausquetschen, um zu erfahren, woher sie stammt. Das versuche ich jetzt mal. Ich quetsche, und sie atmet – ihren letzten Atemzug. Denn sie ist leer! Ein Stück Müll, das jemand in meinem Fahrradkorb entsorgt hatte!

Mein kriminalistischer Instinkt wird wach. War da nicht schon mal ein merkwürdiger Fall in diesem Haus vorgekommen, noch immer ungeklärt? Da hatten die Mieter aus dem dritten Stock in ihrem Keller – nein, nichts vermisst, sondern etwas zu viel. Sie hatten zwei Literflaschen Milch gefunden, in ihrem abgeschlossenen Keller. Und sie beteuerten, dass sie selbst diese zwei

Milchpakete nicht reingestellt hatten. Denn sie trinken keine H-Milch. Sie haben die zwei Liter Milch dann *vor* ihren Keller gestellt. Aber keiner wollte sie haben. Ein Rundbrief im Haus schlug fehl, und kein Handwerker fühlte sich verantwortlich. Doch irgendwann waren diese zwei Liter Milch verschwunden. Entsorgt?

Ich muss mich zur Ordnung rufen. Über was schreibe ich da? Über zwei herren- oder damenlose Liter Milch und über eine leere Cremetube, die so *very british* daherkommt. Oh, jetzt sehe ich: *Made in Poland. Made in Poland?* Es rattert in meinem Hirn, Gedankenketten reihen sich aneinander. Zufällig poltert Emilia, meine polnische Putzhilfe, gerade in der Küche herum. Ich halte ihr die Cremetube hin, und sie strahlt:

„Ist meine, meine."

Wir strahlen beide, aber ich zeige ihr, dass die Tube so gut wie leer ist.

„Macht nix", sagt Emilia. „Ich schneide sie immer auf, dann kommt auch noch der Rest raus."

Das war der Tube Rettung in letzter Minute – vor meinem weit offen stehenden gelben Sack.

Geschenkt!

Zwei Schwestern hatte meine Mutter. Meine Tante Magdalena, die Jüngste des Schwesterntrios, der Einfachheit halber von allen Magda genannt, liebte Pünktchen-Dekor. Und wenn ich von ihr einen Schirm geschenkt bekam, dann wölbten sich über mir Punkte in allen Regenbogenfarben. Eine gepunktete Bluse unterm Christbaum konnte nur von ihr stammen.

Meine Tante Eva, die mittlere der drei Schwestern, war auch meine Patentante. Und als solche hat sie sich nicht lumpen lassen. Zu jedem Geburtstag erhielt ich von ihr einen silbernen Löffel mit einer Rose als Griff, der berühmten Hildesheimer Rose. Da ihre Geschenke auch immer in Papier mit Rosenmuster eingepackt waren, taufte ich sie Tante Röschen. Das regelmäßige Silberlöffelgeschenk hatte für sie den Vorteil, dass sie sich zwölf Jahre lang keine großen Gedanken machen musste, was sie wohl ihrem Patenkind schenken könnte. Und Löffelsammeln war einfach Tradition. Manchmal zeigten wir sie uns, meine Freundinnen und ich. Und an meinen Kindergeburtstagen habe ich sie stolz zu den Tassen gelegt. Als die Zwölf vollständig war, setzte Tante Eva die Serie fort mit einem silbernen Zucker- und dann mit einem Sahnelöffel mit Rosendekor. Zur Konfirmation schließlich überreichte sie mir einen ganzen Kasten mit zwölf Tortengabeln, rosenverziert, passend zu den Löffeln. Nur ein einziges Mal habe ich sie benutzt. Denn beim Einstechen in die Linzertorte, meinem damaligen Lieblingskuchen, den mir Tante Emma, eine Kusine meiner Mutter, immer zum Geburtstag aus Freiburg schickte, beim Einstechen in die Nussmasse hat sich die Silbergabel verbogen. Wahrscheinlich vor Schreck vor der Härte der im Postpaket versandten Gewürztorte. Ein Besteckteil fehlte noch für eine festliche Kaffeetafel: der Tortenheber zum Rosenbesteck. Er versteckte sich an Weihnachten in einer Schachtel, gebettet in Tannenzweige und echte rote Röschen.

Ein Anfang für die Aussteuer war gemacht. Wahrscheinlich hat meine Mutter auch daran gedacht, denn sie schenkte mir gerne Bettwäsche. Was soll ich sagen … Die ist inzwischen längst verschlissen. Aber die silbernen Löffel sind sozusagen eine Wertanlage wie bei anderen Menschen die Goldbarren im Safe. Und solange ich sie nicht nutze, muss ich das schwarz gewordene Silber auch nicht putzen. Die Röschen sehen mit der Patina so richtig edel aus, und sie werden mich immer erinnern an Tante Eva.

Dabei sehe ich noch eine andere Tante namens Eva vor mir. Sie war allerdings eine Tante meiner Mutter und damit für mich eine Großtante. Da ich als Kind nicht zwei Frauen „Tante Eva" nennen wollte, habe ich die Großtante nach dem Ort getauft, aus dem sie immer zu uns zu Besuch kam: Tante Wiesbaden. Diese Eva war bis in ihre 80-er ein elegantes Fräulein, das auch immer so betitelt werden wollte. Fräulein Eva Schmidt schrieb ich auf die Ansichtskarten, die ich ihr manchmal schickte, seit ich schreiben konnte. Ich erinnere mich an ihre leicht heisere Stimme und an ihre hochgesteckte, silbergraue Frisur, die sie mit einem Haarnetz in Form hielt.

Brav- und Höflichsein war angesagt, wenn sie aus dem Zug stieg. Als Besucherin brachte sie immer kleine Geschenke mit, auch wenn gerade kein Geburtstag oder Weihnachten oder Ostern in Sicht war. Kleine Geschenke erhalten die Freundschaft, diese Regel hat sie befolgt. Aber ich habe einmal gegen die Brav-und-höflich-Regel verstoßen und damit für eine Weile ihre Freundschaft vergeigt. Als sie ihre Tasche leerte und mir und meinen Geschwistern ihre Gastgeschenke in die Hand drückte, war ich so verwegen, meiner Enttäuschung Ausdruck zu geben durch die unverschämte Frage: „War das alles?" Das war ungehörig, nicht *comme il faut*. Tante Wiesbaden hatte als Gouvernante in Nizza gelebt und konnte perfekt Französisch parlieren. Doch nach diesem Vorfall sprach sie mit mir erstmal nicht mehr, weder auf Deutsch, noch auf Französisch, bis ich mich – angestupst von meiner Mutter – bei ihr in aller Form entschuldigt habe. „Geschenkt!", hätte sie heute gesagt. Aber sie war aus einer anderen Zeit und hat Gnade walten lassen.

Was habe *ich* meiner Mutter und meinen Tanten geschenkt? Meine ersten Geschenke entstanden mit Buntstiften. Es gibt noch ein gemaltes rotes Herz von mir, aus dem Frühlingsblumen herauswachsen, das ich „der lieben Mutter" zum Muttertag überreicht habe. Später habe ich Blumen geklaut aus dem Park um die Ecke. Doch da das auch andere Kinder und Väter gemacht haben, wurde der Park bewacht, und ich musste jedes Jahr eine halbe Stunde früher aufstehen, um nicht dem Feldschütz in die Hände zu fallen.

Ein Herz habe ich der Mutter später gebacken und mit Schokoguss überzogen. Und von meinem Taschengeld habe ich dazu praktische Geschenke besorgt. Türkisfarbene Melitta-Kaffeetassen mit Untersetzer und Kuchenteller. Sie gefielen mir, und den Sinn fürs Praktische hatte ich wohl von ihr und von meinen Tanten geerbt.

Das mit dem Herz ist so eine Sache, eine Herzenssache eben. Statt der üblichen Halbmonde und Sterne, die andere Hausfrauen oder Bäcker im Dezember in den

Mürbeteig drücken, habe ich gerade wieder ein Blech voller Herzen in verschiedenen Größen in den Backofen geschoben. Ich werde sie mischen mit Herzpralinen und in Geschenktüten füllen. Kissen in Herzform habe ich auch schon verschenkt.

Wahrscheinlich bin ich die Herztante für meine Nichten und Neffen, seitdem ich eine Website mit „herzlichen Geschenkideen" entdeckt habe. Aber was gibt es Schöneres zu schenken als ein Herz? Für meinen Liebsten bin ich über den Weihnachtsmarkt gebummelt, um das schönste Lebkuchenherz auszusuchen. Diesmal habe ich mich für ein bayerisches entschieden. *Mei Herzl bumperlt nur für Di* steht drauf. Ich habe es für ihn fotografiert. Lebkuchen schmecken ihm nicht.

Nur nix umkomme lasse

Als kleines Mädchen schaute ich meiner Mutter zu, wie sie aus Essensresten eine leckere Suppe zauberte. Darin gingen die Gemüseportionen auf, die ich als Kind nicht mochte und stehenließ oder gar meiner Mutter entgegenspuckte! Jahre später in der Mensa schmeckte ich bei der Suppe immer heraus, was es an den Tagen vorher als Hauptgericht gegeben hatte. Warum nicht? Ein Mixer oder Pürierstab macht's möglich. Und auf diese Weise wurde die Universitätskantine zu einer lobenswerten Verwertungsinsel in der Wegwerfgesellschaft.

Fallobst ist auch so ein Fall für „Nix-umkomme-lasse". Mein Apfelbaum erfreut mich im Frühling mit seinen rosa Blüten und im Herbst mit vielen Äpfeln einer mir unbekannten Sorte, die aber alle wurmstichig zu Boden fallen. Alljährlich mache ich mir die Mühe, diese Äpfel von Würmern und Maden sowie faulen Stellen zu befreien und zu Kompott zu schnippeln. Mit Zuckerwasser und Zimt kurz aufgekocht, schmeckt das wunderbar säuerlich und saftig, auch eingefroren und im Winter wieder aufgetaut.

Apropos Kühlung: Manche Dinge rutschen im Kühlschrank nach hinten, vielleicht schon angebrochen oder noch ganz unangetastet. Und wenn man sie dann greift, kann es sein, dass das Verfallsdatum längst überschritten ist. „Tut mir leid", sage ich dann zum Joghurtbecher und will ihn entsorgen. „Das braucht dir nicht leid zu tun", sagt in diesem Fall mein Mann, „den Joghurt esse ich noch". Er spricht dann von der minimalen Haltbarkeitsdauer, die so ein aufgestempeltes Datum ausdrücke, was deswegen nicht ernst zu nehmen sei. Aber nach drei Monaten ...? Ihm ist das ziemlich egal, und was er selbst nicht mehr essen mag, das bekommt Kater Mautz, der das seit dreizehn Jahren überlebt hat.

Als ich kürzlich etwas naschen wollte, fand ich nur ein angebrochenes Glas Kräuteroliven im Kühlschrank. Die erste Olive hatte ich schon fast zerkaut, als ich den Schimmel im Glas bemerkte. „Igitt!" Ich spuckte sie aus und hielt dem Kühlschrank-Mitinhaber die vergammelten, wahrscheinlich karzinogenen Oliven hin. In diesem Fall war auch er für Entsorgung über den Biomüll, denn bei Schimmel hört sich doch alles auf, oder?

Klargespült

Je opulenter das Essen, desto mehr dreckiges Geschirr zieht es nach sich. Alleinstehende spülen es meist noch per Hand, auch auf Campingplätzen ist das Handarbeit, in netter Gemeinschaft an einer Reihe von Spülbecken, wo man unterschiedliche Techniken beobachten kann – Wasser sparende oder Wasser verschwendende. Zieht ein Paar zusammen, ist oft die erste gemeinschaftliche Anschaffung eine Spülmaschine. Meistens auf seinen Wunsch hin. In meiner Frauenrunde kam kürzlich die Rede auf dieses technische Hilfsmittel.

Anita: „Mein Mann meint, dass nur *er* die Spülmaschine richtig, das heißt so platzsparend und damit umweltschonend wie möglich einräumen kann.“

Lore: „Das ist aber interessant, mein Mann ist derselben Meinung.“

Anita: „Und wie verhältst du dich?“

Lore: „Ich überlasse ihm dieses Feld und stelle das schmutzige Geschirr daneben.“

Anita: „Ist dein Mann etwa auch Ingenieur?“

Lore: „Ja ...“

Susanne: „Das ist vielleicht nur Zufall. Bei mir zu Hause läuft das genauso, obwohl mein Partner eher ein Schöngeist ist. Und da das Einräumen der Geschirrspülmaschine eine der wenigen Haushaltsaufgaben ist, die er übernimmt, erhebe ich keinen Einspruch."

Plötzlich gibt es einen Stimmenwirrwarr. Jede hat etwas zu diesem Thema beizutragen. Es ist ja nicht zu leugnen: Es gibt sie tatsächlich, die Fehler beim Spülmaschine-Einräumen. Das Ergebnis nach dem Spülgang in einer übervollen Maschine: noch immer verklebte Teller und Töpfe, milchige Gläser. Zeitersparnis: null – wegen nachträglicher Handarbeit. Kommt das Besteck mit dem Griff nach unten in den Korb oder nach oben? Muss das Geschirr vorgespült werden? Die Spülmaschine erhitzt nicht nur Wasser, sondern auch die Gemüter.

Anita schaltet sich wieder ein in die Diskussion, nachdem sie ihr Smartphone konsultiert hat: „Eine Frau hat die Spülmaschine erfunden", trumpft sie auf. „Die Amerikanerin Josephine Cochrane hat 1886 das erste brauchbare Patent für einen Geschirrspüler eingereicht."

„Das hat wohl viele Tellerwäscher-Karrieren zunichte gemacht", meint Susanne.

„Na ja, so ganz automatisch war der Prototyp des Geschirrspülers nicht", Anita fasst ihren Internetfund zusammen: „Die Maschine bestand aus einem Kupferkessel, in dem das Geschirr auf Drahtkörben aufgestellt wurde. Und die wurden zunächst im Handbetrieb auf einem Laufrad bewegt, sodass sich die über Düsen einlaufende Seifenlauge gleichmäßig verteilte. Erst später wurde ein Motor eingesetzt."

Emily meldet sich zu Wort: „Ihr solltet eure Ingenieure zu Hause mal fragen, was für eine Ersparnis die Spülmaschine bringt. Zeit spart sie jedenfalls nicht." Sie erzählt von ihrer neuen Küche mit den eingebauten modernsten Gerätschaften. Die Spülmaschine sei in einer Höhe untergebracht, die ein Bücken erübrigt. Das Ein- und Ausräumen – mühelos. „Aber erst nach zweieinhalb Stunden", mault Emily.

„Ist doch egal, wie lange das dauert. Die Geschirrspüler von heute sparen vor allem Wasser und Energie", weiß Lore.

„So ein Weibergewäsch!", ärgert sich Susanne. „Lasst doch eure Männer die Spülmaschine einräumen, und ihr räumt sie wieder aus! Das ist doch Geschlechtergerechtigkeit im Kleinen. Haben wir nicht noch andere Themen? Apropos Wasser: Ihr solltet euch lieber mal das Buch von Florence Hervé über Wasserfrauen besorgen!

„Wasserfrauen? Schwimmerinnen oder Nixen oder was für Frauen?", fragt Anita.

„Die Frauen in diesem Buch sind mit allen Wassern gewaschen!", erklärt Susanne. „Eine venezianische Gondoliera stakt einem auf dem Titelbild entgegen. Aber es geht in diesem Band auch um eine Eisbildhauerin, eine Unterwasserarchäologin in Schottland oder eine Iglu-Architektin. Wasser ist für alle in diesen Geschichten beschriebenen Frauen eine Herausforderung. Da geht es um mehr als um schmutziges Geschirr!"

„Aber schmutziges Geschirr war doch gar nicht unser Thema, sondern das Bedienen von Maschinen im Haushalt!", meldet sich Anita.

„Das Bedienen der Spülmaschine im Besonderen", ergänzt Susanne, „das unsere Männer angeblich besser beherrschen als wir."

Anita übernimmt ein Schlusswort: „Dann bewundern und loben wir sie doch einfach dafür – wie für alles andere im Haushalt, das sie gelegentlich mit elektrischen Helfern verrichten, und schon sind wir raus aus dem Geschäft!"

Vom Überleben der Dinge

An unserer Badezimmertür hängt der Morgenmantel meiner Schwiegermutter. Er ist schlicht, nur knielang und aus weißem Frottee. Er ist praktisch zum Drüberziehen über den Pyjama, um damit in der Küche das Sonntagsfrühstück auf einem Tablett herzurichten, mit dem ich dann die Treppe zum Schlafzimmer hochwandele. Über mein eigenes langes, lindgrünes Hauskleid würde ich dabei stolpern.

Der kurze, weiße Frottee-Mantel ist ein Zeichen der Beständigkeit. Er hat meine Schwiegermutter überlebt, die ich leider nicht kennenlernte. Sie wurde zwar fast hundert Jahre alt, ist aber kurz vor meiner Heirat gestorben. Doch alles, was ich über sie höre, zieht mich zu ihr hin, so dass ich ihren Bademantel gerne anziehe, als ob ich in ihre zweite Haut schlüpfen würde.

Forsch muss sie gewesen sein, wenn ich mir die Fotos betrachte, die die taffe Unternehmerin beim Bergsteigen (mit Rock!) oder auf einem Motorrad sehe, nicht als Beifahrerin auf dem Sozius, sondern als damals einzige Bikerin in ihrer kleinen Provinzstadt. Ihr Motorradhelm wäre auch ein schönes Andenken, aber den gibt es nicht mehr. Ihr Bademantel ist mir sowieso nützlicher.

Auch meine eigene Mutter lebt nicht mehr. Ich überlege, welche Dinge mich an sie erinnern, sieht man von ihren eleganten Auftritten in meinen Fotoalben ab. Meine Mutter im feschen Florentiner-Hut! Mein Vater hat sich in die Hutlady verguckt, und dann waren sie auch schon verlobt. Das Foto mit dem kecken Hut zierte fünf Jahre lang die Innentür seines Spinds in einem Wüstenzelt, als er in Kriegsgefangenschaft war und nur das Foto meiner Mutter zum Angucken hatte. Es war sicher vergilbt und zerknittert, als er wieder nach Hause kam und meine Eltern kurz darauf heirateten. Den Florentiner-Hut, den gibt es leider nicht mehr, nur in den Kopien des Bilds, das damals jedes Zeitschriften-Cover hätte zieren können.

Von ihrer Eleganz hat meine Mutter mir nicht viel vererbt. Nur gelegentlich habe ich damenhafte Anwandlungen. Das kommt daher, dass sie mir schon als dreijährigem Mädchen ein Kleidchen angezogen und ein Hütchen aufgesetzt hat. Das macht unweigerlich kokett. So sieht es wenigstens aus auf dem Erinnerungsfoto. Viele Jahre lang hat meine Mutter mich gerne so angezogen, wie es ihr gefiel. Und mir eigentlich nicht. Aber das habe ich erst viel später verstanden, und es hat noch länger gedauert, bis ich es ihr verständlich machen konnte. Das ging nur mit radikalen Ansagen: „Du kannst mir gerne weiterhin Pullover schenken, aber ich werde sie nicht mehr anziehen!" Also – Klamotten sind es nicht, die mich an meine Mutter erinnern. Diese Geschenke sind nicht bei mir geblieben.

Aber ihren Schmuck habe ich geerbt. Ich habe ihn gut versteckt, denn er ist wertvoll. Ketten aus Gold oder Weißgold und Ringe mit grün oder blau schimmernden Brillanten. Selten hole ich den Schatz aus seinem geheimen Ort, um ihn zu betrachten. Noch seltener trage ich ein Stück davon an meinem Hals oder meinen Ringfingern. Ich gestehe, dass ich kein Gold und auch keine Brillis mag. In punkto Geschmack lagen meine Mutter und ich meist weit auseinander.

Aber da gibt es noch einen Metallkoffer, in dem ein formschöner Bestecksatz zum Vorschein kam, als sie ihn mir für meinen jungen Ehehaushalt überreichte. Die Griffe der Messer sind wahre Handschmeichler. Ob ich mir das zigteilige Besteck selbst ausgesucht hatte? Weiß nicht mehr. Jedenfalls benutze ich es noch immer und halte es in Ehren. Es ist sozusagen von bleibendem Wert, eine handfeste Erinnerung an meine praktische Mutter. Ob es auch mich selbst überleben wird? Ich fürchte es.

Ruhestand in Aussicht

Schon längst werde ich nicht mehr so oft besucht wie früher. Immer weniger Kundschaft. Noch vor wenigen Jahren öffnete sich meine Tür im Halbe-Stunden-Takt. Manchmal standen sie sogar Schlange davor, um meine Dienste in Anspruch zu nehmen, was denjenigen, der am Zug war, oft gar nicht störte. Sie waren alle so verschieden, jeder trieb es auf seine Art. Die einen erledigten es kurz und bündig, andere ließen sich Zeit, als ob es ihnen gar nicht aufs Geld ankomme.

Wenn es regnete, kamen sie mit nassen Schirmen, die sie achtlos in die Ecke stellten, wo sich Pfützen bildeten. Bei großer Sommerhitze ließen manche die Tür angelehnt, damit etwas Luft in mein Kabuff kam. Das fand ich dann doch sehr peinlich. Aber inzwischen gibt es Kolleginnen, die ihre Dienste ganz öffentlich anbieten. Wo bleibt die Intimsphäre?

Manche Typen haben mir übel zugesetzt, mich getreten, mit Messern traktiert. Nach einer solchen Attacke war ich wochenlang nicht brauchbar. Aber das gehört zum Berufsrisiko.

Die Zeiten ändern sich, und vieles kann ich nicht mehr verstehen. Ich sehe nur immer mehr ehemalige Kunden in ständiger Begleitung. Einer der Gründe, warum sie mich meiden. Sie brauchen mich nicht mehr so dringend, um sich mitzuteilen, sich abzureagieren, sich zu erleichtern ... Ich vermisse vor allem diejenigen, die lange Geschichten erzählten, bevor sie zur Sache kamen.

Wer heute länger bleibt als üblich, hat meist nichts anderes im Sinn, als an meinem Schlitz zu manipulieren, endlos auf mich einzuquatschen – oft in einer fremden Sprache, die ich nicht verstehe –, um sich schließlich abrupt zu verdrücken, ohne Bezahlung. Ich fühle mich dann verdammt ausgenutzt. Und ich ahne, dass meine Tage gezählt sind. Einen Wechsel des Patrons musste ich bereits hinnehmen. Der neue hat mich an eine andere Straßenecke gestellt und mir ein schickeres Outfit verpasst. Dennoch sind meine Einnahmen nicht gestiegen. Ich muss damit rechnen, dass ich auch diesen Platz bald zu räumen habe. Aber ich mache mir gewisse Hoffnungen auf ein Altern in Würde. Einem Kundengespräch konnte ich entnehmen, dass ausgemusterte Telefonzellen in Gärten gesichtet wurden. Der Mensch fand das „absolut geil". Von mir aus kann er mich nach Dienstschluss abholen, um mich mit nach Hause zu nehmen.

Unheilige Nacht

Wenn zwei zusammenziehen, sagen wir zwei ausgereifte Menschen Ü50, müssen auch zwei Haushalte unter einem Dach Platz finden. In der Küche gibt es dann vieles doppelt oder mehrfach: in den Schubladen vielleicht drei Schneebesen, zehn Kochlöffel verschiedener Größen, zwei elektrische Rührstäbe … Der zweite Dampfkochtopf wird in den Keller bugsiert – als Ersatz.

Schau'n wir mal in den Geschirrschrank. Da steht nun eine Armada von Kaffeebechern, die sich miteinander vertragen müssen. Ihre Becher mit Blumenmustern mit seinen Bechern, die für Ingenieurbüros oder eine Apotheke werben. Die Hirschapotheke wünscht beim Frühstück ganzjährig Frohe Weihnachten mit einem auf die Keramik aufgemalten Schlitten, der von einem Elch mit Bommelmütze gezogen wird. Ihr ist es ein Graus, wenn beim Kaffeetrinken „von jedem Dorf ein Hund" auf dem Tisch steht, oder ein Elch mitten im Sommer durch den Schnee stapft. Er mag es so, und am liebsten trinkt er aus seinem Becher mit Sprung. „Wehe, du wirfst den weg!", hat er gedroht. Vielleicht verbindet er besondere Erinnerungen mit dem Becher – oder mit dem Sprung.

Ihr „gutes" Geschirrservice heißt „Harmony". Es hat gemütlich-bauchige Kaffee- und Teetassen, Kannen und

Schüsseln. Und die Harmonie wird verstärkt durch zarte Striche in Regenbogenfarben, die auch rund um die Teller laufen. Sie holt es nur für Besuch aus dem Schrank, denn durch einen Korbabsturz aus der Spülmaschine ist das Geschirr leider sehr dezimiert. Nachkaufen nicht möglich, „Harmony" wird nicht mehr hergestellt. Genauso ist es mit seinen Restbeständen von Friesland-Geschirr – aus dem Erbe seiner Mutter. Weiß mit hellblauem, schlichtem Dekor, die fünf Tassen geradlinig ohne Wölbungen. Also müssen sie mischen, wenn mehr als sechs Personen bei größeren Tischgesellschaften zusammensitzen. Diese Disharmonie erträgt sie inzwischen.

Doch nach dem festlichen Menü an Heiligabend, zu dem ihr Sohn samt Schwiegertochter und Enkelin sowie seine bindungsimmune Tochter eingeladen waren, ist das Paar in Streit geraten. Um was ging es? Völlig unerheblich. Wahrscheinlich war es nur die Anspannung, es allen recht zu machen und für einen harmonischen Abend zu sorgen, die sich allmählich löste. Die Mitglieder der Patchworkfamilie waren schon gegangen, so dass sie nicht mehr miterleben mussten, wie plötzlich die Teller flogen und an der Esszimmerwand zerschellten: ein Frisbee-Spiel mit Scherbenhaufen. Plötzlich hielten die beiden Streitenden inne, mussten laut losprusten, und ihr Lachen schepperte durchs Haus, als sie sich den Porzellanbruchsalat betrachteten. Im Geschirrschrank gähnt nun eine traurige Leere. Sie müssen zusammen einkaufen gehen, ihr nächster Ausflug zwischen den Jahren führt sie in die Haushaltswarenabteilung vom Kaufhaus Allesgut. Ein komplettes Ess- und Kaffeeservice soll es sein. „Bitte einfach weiß", wünscht er sich. „Ja", stimmt sie friedfertig zu, „ohne Muster und Schnörkel." Dein – mein – unser. Sie sind sich wieder einig und kaufen sich zum schlichten, gemeinsamen Geschirr knallbunte Servietten dazu. Das neue Jahr kann kommen – unser Paar wird es empfangen in perfekter Haushaltsharmonie.

Aufgefangen

Mit Mambo bei Else

Ratsch, Reißverschluss zu, Rucksack auf … Ich hoffe, dass ich mein Iglu-Zelt nachher wieder so vorfinde, wie ich es verlasse. Mambo ist schon losgelaufen, ich folge seinem Schwanzgewedel. Mein Kumpel, der nachts mit mir unter der grünen Kuppel liegt und die Hälfte des überdachten Raums beansprucht, kennt den Weg. Als ich ihm das erste Mal begegnet bin, dachte ich, ein Wolf sei hinter mir her. Es soll doch wieder welche geben in unseren Wäldern. Aber er war nicht ganz so scheu wie ein Wolf, sondern ließ sich anlocken mit einem Stück Fleischwurst. Kein Halsband, keine Hundemarke. Ein Streuner wie ich. Wir waren uns auf Anhieb sympathisch. Von da an hatte ich jemanden, der mir aufmerksam zuhört, wenn ich vor mich hin brabbele. Er horcht auch auf, wenn ich ihn mit seinem neuen Namen rufe. Und er hört sogar auf mich, wenn ich Wünsche äußere – also zum Beispiel: Mambo rein! Mambo raus! Mambo hierher! Irgendeine Art von Erziehung muss er bekommen haben. Aber ein Problemfall ist er für mich auch. Zusätzlich zu meiner eigenen, heiklen Ernährung muss ich nun auch für ihn etwas zum Fressen besorgen. Zum

Glück brauche ich keine doppelte Ration an Bier an-
schleppen, trinken kann er im Bach, der sich durch mein
Gelände schlängelt.

Unser Weg in die Zivilisation ist ein schmaler Trampelpfad, und der mündet in eine breite Schneise. Nach
einem Kilometer stehen wir am Stadtrand. Man kann es
von hier oben hören, wie still die Stadt geworden ist.
Nicht ganz so still wie der Ort hinter der Wand, die eine
Frau in den Bergen zur Einsiedlerin werden ließ. Ein un-
heimlicher Roman, der mich sehr beeindruckt hat. In
meiner Stadt liegen keine Toten herum. Noch nicht.

Wenn wir durch die alte Bruchsteinmauer gehen, die
irgendein Landgraf errichten ließ, um sein Jagdrevier
einzugrenzen, dann ist es nicht mehr weit bis zum Häus-
chen von Else. Die alte Dame ist ein Glücksfall für mich.
Vielleicht denkt sie von mir, ich sei ihr zugelaufen, wie
es mir mit Mambo passiert ist. Sie war am Buddeln in
ihrem Garten, als wir am Zaun vorbeigingen. Sie wollte
sich aufrichten, schrie aber dabei auf vor Schmerz. Sie
stand wie eine gebeugte Skulptur, konnte sich nicht mehr
rühren, nur noch jammern: ein Hexenschuss! Ich nahm
Mambo an die Leine, die ich ihm gekauft hatte, und
fragte übers Gartentor: „Brauchen Sie Hilfe? Dürfen wir
reinkommen?"

Sie schaute von unten hoch zu mir und sagte dann: „Drücken Sie die Klinke runter von innen. Das Tor ist nicht abgeschlossen."

Mambo verhielt sich gesittet, stimmte nur leise in ihr Jaulen ein. Ich gab ihr meinen Arm und konnte sie ins Haus führen. Sie legte sich vorsichtig auf ihr Sofa.

„Was machen wir jetzt?", fragte ich.

Darauf meinte sie nach einer Weile: „Sie stinken. Sie könnten mal duschen!"

„Hier?"

„Ja, Sie finden eine Dusche im Gästebad unten im Keller. Da liegen auch Handtücher."

„Darf ich den Hund bei Ihnen sitzen lassen?"

„Ja, der stinkt nicht."

„Mambo, mach' Platz!"

Die Dusche war klasse. Ganz für mich alleine, ohne die Zugucker im Obdachlosentreff. Ich schäumte mich ein mit einer grünen Kräuterseife und ließ das Wasser eine Weile über mich perlen. Da ich frische Klamotten im Rucksack dabei hatte, konnte ich der alten Dame nun mit einem guten Gewissen wieder gegenübertreten.

„Wie geht es Ihnen jetzt, Frau Bauer?" Den Namen hatte ich am Klingelschild gelesen.

„Schon besser."

„Brauchen Sie keine Hilfe mehr?"

„Nee, geht schon."

Ich schätzte ihr Alter auf paarundsiebzig. Dabei ist sie schon einundachtzig, wie ich später von ihr erfuhr. Dafür hat sie sich gut gehalten. Und wenn sie nicht autscht, ist sie noch sehr munter.

Ich weiß nicht, wer neugieriger war bei unserem ersten Zusammentreffen: Ich oder sie? Ich fragte sie, ob sie alleine lebe, was sie nur ausweichend beantwortete.

„Ach, mal so, mal so."

Dann wollte sie wissen, wo ich wohne.

„Da draußen", sagte ich.

„Wo, draußen?"

Das brachte mich in Verlegenheit. Ich glaube, ich sagte: „Campingplatz."

„Ach", wunderte sich Frau Bauer. „Ich wusste gar nicht, dass wir hier jetzt auch einen Campingplatz haben. Oder meinen Sie wildes Zelten im Wald?"

„Hm." Diese Frage wollte ich lieber offenlassen. Aber sie hatte schon kapiert.

„Puh! Auch im Winter?"

„Ja doch, auch im Winter. Wir beide sind frosterprobt. Mambo darf dann nachts bei mir kuscheln. Oder ich bei ihm."

Frau Bauer überlegte eine Weile. Dann fragte sie mich, ob ich ihr im Garten helfen könnte, zweimal die

Woche. Dafür dürfe ich dann bei ihr im Haus duschen, vielleicht auch Wäsche waschen. Für mich war das ein guter Deal. Für Mambo anscheinend auch, denn er ließ sich schon von ihr hinter seinen spitzen Ohren kraulen.

„Das können wir so machen", sagte ich.

„Und was machen Sie sonst den ganzen Tag?", fragte meine neue Geschäftspartnerin.

„Ich treffe mich mit Kumpels am Goetheplatz, und dann stelle ich mich vors Einkaufszentrum, um Spenden zu sammeln. Wenn ich genug beisammen habe, gehe ich einkaufen, so das Nötigste."

„Und was wäre das?"

„Naja, Bier und Zigarettentabak, Hundefutter. Ein warmes Essen bekomme ich bei der Tafel. Aber ich muss jetzt los, sonst reichen die milden Gaben nicht, um Mambo satt zu kriegen."

„Da drüben ist die Küche", sagte Frau Bauer, „schauen Sie mal in den Kühlschrank. Da müsste noch Ahle Wurst drin sein. Schneiden Sie ein Stück für Ihren Mambo ab!"

„Okay, vielen Dank. Das dürfen Sie ihm aber selbst geben, dann schließt er sie in sein Herz ein."

Gesagt, getan. Seitdem freut sich Mambo immer, wenn wir zu Else gehen. Das klingt jetzt sehr vertraulich. Aber sie hat mich irgendwann nach meinem Vornamen gefragt. Den wollte ich nur preisgeben, wenn sie mir auch ihren verrät. Seitdem darf ich Else sagen, und sie sagt Jens.

Der letzte Winter war eisig, und ich war sehr froh, dass ich mich nach den kalten Waldnächten bei Else unter der warmen Dusche auftauen lassen konnte, während sich Mambo vor ihren Kachelofen legte. Im Garten gab es ab November nichts mehr zu tun, aber ich konnte mich bei Else nützlich machen, indem ich für sie einkaufen ging. In ihrem Alter sollte sie nun besser daheimbleiben und Kontakte meiden, um sich nicht mit diesem verdammten Corona-Virus anzustecken. Das würde sie vielleicht nicht überleben. So wie ihr „Verflossener" eine Lungenentzündung nicht überlebt hat. Ich weiß jetzt, dass sie alleine lebt, aber sie kommt irgendwie klar damit. Mambo hat sich angewöhnt, bei ihr im warmen Haus zu bleiben, während ich zum Supermarkt gehe. Er sitzt nicht gerne wartend davor, sondern knurrt manche Leute an, die ihm zu nahe kommen.

Aber wir sollten uns nicht zu sehr an diese Bequemlichkeiten gewöhnen. Ich weiß aus Erfahrung, wie schnell alles anders kommen kann. Und ich weiß es aus der Literatur. Ich lese mehr, als sich so manche Menschen, die mich sehen, denken. Und in meinem Hirn sind viele schöne Zitate gespeichert. Etwa dieses von

Christian Morgenstern: „Nicht da ist man daheim, wo man seinen Wohnsitz hat, sondern wo man verstanden wird." Ja, so vornehme Literatur findet manchmal in mein Kuppelzelt. Ich liebe die ehemaligen Telefonzellen, die heute als Bücherschränke dienen. Secondhand-Bücher zum Mitnehmen, gratis.

Ich bin sehr gewieft darin, Supersonderangebote oder Gratis-Schnäppchen wahrzunehmen. Vom Joghurt mit abgelaufenem Verfallsdatum bis zur Tageszeitung, die auf einer Parkbank liegengeblieben ist. Jetzt habe ich sogar Geldscheine, nicht nur Münzen, in der Tasche, um Besorgungen nach Elses Einkaufszettel zu machen. Ein seltsames, schon ganz fremdes Gefühl. Und jetzt laufe ich auch noch mit Maske herum. Noch fremder. Hoffentlich erkennen mich meine Kumpels nicht, wenn ich am Goetheplatz mit vollen Einkaufstaschen an ihnen vorbeilaufe. Sie würden vielleicht meine Taschen inspizieren und sich wundern über die Lauchstangen, die herausragen, oder über Mehl und Hefe. Else kocht und backt noch gerne, und manchmal bekommen wir etwas davon ab. Die Maske macht mich heute kirre. Ich bekomme kaum noch Luft, und meine Nase beginnt zu laufen im Supermarkt. Wie soll ich sie jetzt putzen? Ich greife zu einem Paket Papiertaschentücher und schnäuze mich unauffällig in einer einsamen Ecke bei den Dosensuppen. Das erinnert mich an die Hundefutterdosen, ich nehme drei Geschmacksvarianten, Rind-, Lamm- und Hühnerfleisch. Lammfleisch mag Mambo am liebsten. Ein guter Hütehund wäre er vielleicht nicht.

Heute fällt mir das Gehen schwer. Mambo hat's gut, er kann bei Else faul herumliegen. Aber er ist auch ein wackerer Begleiter in meinem Outdoor-Leben. Also gönne ich ihm die paar Stunden Komfortgenuss. Ich bin ziemlich schlapp, als ich bei Else an der Haustür klingele, nachdem ich mir wieder meine blaue Maske aufgesetzt hatte. Trotz der Maskierung merkt sie, dass mit mir etwas nicht stimmt.

„Bist du erkältet, Jens?"

„Ich weiß nicht, ich hab's ein bisschen im Hals", gestehe ich ihr.

Sie setzt sich nun auch eine Maske auf. „Sicher ist sicher", sagt sie. Und ich sehe, wie es in ihr arbeitet. „Also, wenn du eine Grippe bekommst, solltest du nicht weiter im Wald pennen", sagt sie und entschuldigt sich gleich für das Wort pennen. Tatsächlich hat sie mich noch nie einen Penner genannt, was ich ihr hoch anrechne.

„Wo soll ich denn sonst pennen?", frage ich nun kleinlaut.

„Du könntest für eine Weile mein Gästezimmer im Keller haben. Das wurde schon lange nicht mehr genutzt", sagt sie nachdenklich. „Klo und Dusche sind ja dabei. Das kennst du schon."

Ich spüre Erleichterung. Aber mein Zelt kommt mir in den Sinn.

„Das Zelt kann ich nicht da draußen lassen", murmele ich vor mich hin.

„Dann holst du es jetzt, dalli, dalli. So viel Kraft wirst du noch haben."

Ich reiße mich zusammen und mache mich auf den Weg.

„Nimm Mambo mit, damit er Bescheid geben kann, wenn dir was passiert", ruft mir Else hinterher.

Vielleicht hat sie Recht, ich leine Mambo an für den Weg in meine Einsiedelei. Er wird zum Zelt finden und auch wieder zurück zu Else, denke ich, während eine seltsame Hitze in mir aufwallt. Und wenn es mehr als eine Erkältung wäre? Ich halte mich an der Hundeleine fest und lasse mich von Mambo hinterherziehen. Wir stapfen durch braunes, raschelndes Laub bis zu der einsamen Lichtung, die nicht immer einsam war. Eines Nachts haben Wildschweine mit lautem Grunzen die Wiese aufgepflügt. Eine richtige Schweinerei haben sie aus meinem Zeltplatz gemacht. Aber ich war heilfroh, dass sie das Iglu nicht beachtet und uns in Ruhe gelassen haben. Mambo habe ich die Schnauze zugehalten, damit sie nicht auf uns aufmerksam wurden. Er wäre am liebsten rausgeschossen, um das Rudel aufzumischen. Er hatte wohl Lust auf eine Keilerei. „Besser nicht", dachte ich.

Jetzt wird es Zeit, zusammenzupacken. Es ist mühsamer als sonst, die Stangen, die Heringe, den Zeltstoff, die Isomatte und den Schlafsack und sonstigen Krimskrams tragbar zu verstauen. Mambo sitzt in einigem Abstand und betrachtet das Ganze mit kritischen Augen, wenn man das von einem Hund so sagen kann. Verwundert ist er auf jeden Fall, vollzieht sich doch auch für ihn ein Heimatabbau. „Mach dir keine Sorgen", beruhige ich ihn. „Else hat uns eingeladen."

„Aber wenn Schnupfen und Husten nur Vorboten von etwas Schlimmerem wären? Das wäre doch viel zu gefährlich für Else." Meine Gedanken kreisen. „Elses Keller ist ein guter Ort für eine Quarantäne", sage ich mir. „Aber wer soll dann einkaufen? Ich wäre doch eine Last für sie. Sie ist schon 81 und hat Mühe, sich selbst zu versorgen."

Mit diesem Chaos im Kopf schleppe ich mich schwer beladen zurück zur Parkstraße 53, und diesmal trottet Mambo lustlos hinterher. Else empfängt uns an der Tür mit zwei Masken übereinander. Ich hoffe, sie ist dadurch tatsächlich doppelt geschützt. Sie schickt uns direkt in den Keller und erklärt mir, dass sie Mambo in den Garten rauslassen könne, wenn er dringende Bedürfnisse hat. Das könnte gehen als Notlösung. Ich verdrücke mich gleich ins Bett. Ein richtiges Bett mit Daunenkissen und -decke! Mambo hat Entscheidungsnot. Bleibt er bei Else am Kachelofen, oder legt er sich solidarisch vor mein Gästebett? Dann wird er heute Nacht den Husten aushalten müssen, der jetzt bei mir herauskommt.

Else stellt uns ein Tablett vor die Tür mit geschmierten Broten und einer Schüssel Hundefutter. Es muss Lammfleisch sein, Mambo schlabbert es weg wie nix. Else hat auch ein Fieberthermometer aufs Tablett gelegt. Ich messe 38,5. Uff, steigende Temperatur. Aber die Brote haben noch geschmeckt, nach Leberwurst und Camembert. Mambo schnüffelt an mir. Das Leberwurstbrot macht ihn verrückt. Ich gebe ihm ein Stück ab. Doch dann sinke ich schlapp in das weiche Kissen, in einem karierten Schlafanzug, der wohl von Elses Verflossenem stammt. Er lag neben dem Tablett vor der Tür.

Mambo hat die ganze Nacht Ruhe gehalten, ich kann endlich mal durchschlafen, vielleicht auch vor Erschöpfung. Das Draußensein Tag für Tag, Nacht für Nacht, scheint an meinen Kräften zu zehren. Else bringt mir ein Frühstück mit Kaffee und Marmeladenbroten. Ob es nun Kirsch- oder Erdbeermarmelade ist, könnte ich gerade nicht entscheiden. Sie lässt Mambo raus in den Garten, ich höre ihn bellen. Vielleicht ist ihm das Phänomen des Briefträgers nicht bekannt. Er ist ja eher ein Waldschrat als ein städtischer Gassigänger. Aber Else freut sich, dass er einen Tiefkühlkostvertreter verjagt hat, der immer wieder bei ihr klingelt. Ich melde ihr, dass ich 39 Grad Fieber gemessen habe und dass mein Atem rasselt.

Else übernimmt nun das Kommando. Sie hat eine Schülerin bestellt, die für uns einkaufen und auch mit Mambo spazierengehen soll. Mambo lässt alles mit sich machen. Für einen Schäferhundmix ist er ein sehr gelassener Typ. Nachdem wir uns angefreundet hatten, habe ich über die echten Schäferhunde gelesen, dass sie viel und regelmäßig Auslauf haben sollten, damit sie ihr „kraftstrotzendes Temperament" austoben können. Hoffentlich kommt das Mädchen mit ihm klar. Aber große Sorgen kann ich mir ohnehin nicht mehr machen, da ich zu schwach dafür bin.

Else lebt zwar alleine, aber sie hat anscheinend gute Beziehungen. Sie ist mit einer Apothekerin befreundet, von der ich nur die Umrisse wahrnehme, als sie bei mir ins Zimmer reinschaut, so vermummt ist sie. Einen Corona-Schnelltest hat sie dabei und steckt mir das Stäbchen mit Plastikhandschuhen tief in den Rachen. Zwei

Stunden später haben wir Gewissheit. Mich hat's erwischt.

Ich höre die Frauen oben beratschlagen. Die Apothekerin klingt energisch, aber Else auch. Ich höre mehrmals das Wort aufpassen. Später erklärt mir Else durch die Zimmertür, dass ich für zwei Wochen in meinem Kellerloch bleiben müsse, in strenger Quarantäne. „Kein Kontakt zwischen uns beiden!", ruft sie. Briefchen könne Mambo raus und rein befördern. Das Tablett solle ich erst ins Zimmer nehmen, wenn sie nicht mehr vor der Tür stehe. Die Apothekerin würde Medikamente bringen.

Was Else blöd findet, ist, dass sie selbst nun auch das Haus hüten muss. So hat man es ihr eingeschärft, als sie das Gesundheitsamt angerufen hat. Der einzige, der raus darf, ist Mambo. Ich lasse mich fallen.

Mambo war tapfer und hat diese Zeit gut überstanden. Wahrscheinlich hat er ein Kilo zugenommen. Else war ebenfalls tapfer, aber sie hatte ja schon vorher kaum ihr Grundstück verlassen. Sie hat gekocht, einmal sogar einen Apfelkuchen gebacken und sonst ihr normales Tagesprogramm absolviert mit Kreuzworträtseln, Patiencen, Fernsehsessions und kleinem Auslauf im Garten, wo sich zurzeit nicht viel rührt. Mambo kennt das Grundstück inzwischen in- und auswendig. Er hat sich einen Spaß daraus gemacht, sich direkt an den Zaun zu stellen, um Passanten laut knurrend zu erschrecken. Das schrieb mir Else auf ein Briefchen, das der Hund als Bote brachte.

Ich war auch tapfer. Was blieb mir anderes übrig, als den Rundumservice mit Vollpension anzunehmen und zu genießen, auch wenn inzwischen selbst Elses Ungarischer Gulasch völlig fade schmeckte. Aber ins Krankenhaus musste ich nicht, ich hatte wohl einen milden Corona-Verlauf. Ich hoffe, dass die Aerosole mit dem verdammten Virus an Else vorbeigeflogen sind, damit wir überlegen können, wie es nun weitergehen soll.

Ballerina

„Ums Schöntanzen geht es hier nicht", sagt die Tanztherapeutin. „Geht einfach in Bewegung mit dem Gemütszustand, in dem ihr gerade seid, ganz spontan." Sie gibt eine unaufgeregte Gitarrenmusik dazu.

Wenn ich „ganz spontan" wäre, müsste ich „einfach" nur stehenbleiben, denkt Paula. Das ist mein ZU-stand, nicht nur jetzt, nicht nur heute, sondern seit Monaten. Rien ne va plus, nichts geht mehr. Mein Gemüt ist ZU, mein Körper folgt ihm mit Unbeweglichkeit. Sie macht ein paar zögernde Schritte und erstarrt zu einer Skulptur – mit vor der Brust gekreuzten Armen. Die anderen tanzen um sie herum. Alles Frauen. Diese Therapiestunde in der Psychosomatischen Klinik des kleinen Kurstädtchens ist ausschließlich ihnen vorbehalten. Damit sie unter sich sein und sich geschützt vor männlichen Blicken ungezwungen bewegen können.

Frei und ungezwungen tanzen ... Paula kommt ein Urlaubsfoto aus ihrem Kinderalbum in den Sinn. „Tanz der Nixen" hat ihre Mutter daruntergeschrieben. Sie sieht sich als Fünfjährige hochhüpfen im Takt der anbrandenden Meereswellen, Renate zugewandt, beide mit ausgebreiteten Armen und vom Wind verwehten Haaren, völlig losgelöst. Sie liebt dieses Bild, erst recht, seit es Renate nicht mehr gibt. Ihr hat keine Therapie helfen können. Der Alkohol war stärker.

Welche Päckchen haben die anderen Frauen in der Tanztherapie zu tragen? Welche können sie beim Tanzen und Drübersprechen abwerfen? Wie sollte hier eine frei und ungezwungen tanzen? Tanzen aus Freude und sinnlicher Lust ist doch etwas ganz anderes. Paula versucht, ihre steifen Glieder zu lockern.

Ballerina wurde sie von ihren Eltern genannt, weil sie beim Laufenlernen auch gleich tanzen wollte, wenn sie Musik hörte. Tapsig, mit hin und her wiegendem

Lockenkopf. Das hat natürlich alle, die dabei zusahen, bezaubert und amüsiert. Aber ernst genommen haben sie Paulas Tanzlust nicht. Als sie später Ballettunterricht nehmen wollte, musste sie die Ablehnung ihrer Eltern schlucken: „Zu teuer. Das geht leider nicht." Dagegen half kein Argument. Gebremste Lust. Paula durfte Blockflötespielen lernen, kostenlos in einer Kindergruppe der Kirchengemeinde. Immerhin wurde ihr die Flöte zum Trostmittel. Wenn sie darauf spielte, vergaß sie ihren Kummer, und der Tränenfluss kam zum Versiegen. Außerdem konnte sie zu ihren eigenen Flötentönen tanzen. Ganz für sich alleine in ihrem Kinderzimmer drehte sie sich zu den Klängen, die sie aus der hellen Birnbaumflöte herausholte.

Damals konnte sie ihre Gefühle noch ausdrücken. Jetzt ist sie selbst so hart wie ein Stück Holz, das – rissig und abgesplittert – irgendwo in einem dunklen Wald verwittert. Das sagt sie jetzt in der Gruppe, während andere Frauen von Besserung, vom Wandel ihres Zustands sprechen, den sie mit ihrem Tanz ausgedrückt haben. „Sie sind schon länger da als ich", sagt sich Paula. „Vielleicht gibt es noch Hoffnung für mich. Tanzen war doch schon immer meins, ganz und gar meins."

Jahrelang hat sie sehnsüchtig auf die Tanzstunde gewartet, um endlich tanzen zu lernen. Und dann? Sie konnte es nicht abwarten und hat sich schon mit 14 bei der Traditionsschule in ihrer Stadt angemeldet. Damit war sie eine der Jüngsten im Kurs und – wenn sie sich die alten Fotos anschaut, auf denen sie mit ihrer Lockenwickler-Frisur unsäglich brav wirkt – für Jungs eher unattraktiv. Jungen und Mädchen saßen sich in langen Reihen an den Wänden des Saals gegenüber, und die Mädchen mussten darauf warten, zum Tanzen aufgefordert zu werden. Eine Tortur für Paula, denn sie blieb meistens sitzen, bekam dann – vom Tanzlehrer zugeteilt – nur noch den allerschüchternsten Tanzschüler ab, der einige Zentimeter kleiner war als sie und mit schweißfeuchten Fingern nach ihrer Hand griff. Paula wäre gerne souverän geführt worden beim Tanzen, aber das musste sie dann selbst übernehmen. Unbeholfenes Stolpern und Schweißgeruch, auch ihr eigener, gehören zu ihren ersten Erfahrungen mit Paartanz.

Aber hier geht es ja nicht um Paartanz, nur manchmal um eine Übung mit einer Partnerin. Etwa wenn eine „die Schwache" darstellen soll und das Gegenüber „die Starke". Das weckt starke Gefühle bei allen, außer bei Paula. Sie versucht die Rolle der Starken zu spielen, ohne sich mit ihren Sinnen hineinzusteigern. Aber dabei wird ihr doch bewusst, wie oft sie in ihrem Leben die Starke sein musste. Für die jüngeren Geschwister, gegenüber ihren verständnislosen Lehrern, für ihre kranken Eltern und gegen ihren autoritären Mann, der sich als Tanzpartner ganz und gar verweigerte. Und wenn er mal mit ihr tanzte auf einem festlichen Ball, weil es zur Konvention dazugehörte, dann fühlte sie sich in seinen Armen wie in einem Schraubstock, kaum fähig zu rhythmischer Bewegung. Foxtrott, Walzer, Tango, Cha-Cha-Cha: Die Figuren beherrschte er, gelernt ist gelernt. Aber er tanzte sie mit abgehackten Schritten, sie kamen als Paar nicht in einen Fluss. Paula sieht ihren Tanz als Bild für ihre Beziehung, die irgendwann ebenso abgehackt endete.

Wie viele Jahre hat sie sich einen Tanzpartner gewünscht, mit dem sie in vollendeter Harmonie übers Parkett gleiten könnte. Sie hätte sich ihm ganz und gar hingeben können. Wie oft hat sie von IHM geträumt. Aber ER ist ihr nicht begegnet. Sie musste sich mit dem Dahinschmachten bei Filmen wie „Dirty Dancing" begnügen. Und mit Kursen, in denen sie Tänze lernen konnte, für die sie keinen Partner brauchte. Was hat sie nicht alles probiert: Griechische Kreistänze, Flamenco, Samba und Salsa, Stepptanz – tackatackatack, ohne Fred Astaire an ihrer Seite.

Und Ballett ... Ja, mit 30 wollte sie es nochmal wissen. „Heute kann ich es selbst bezahlen", sagte sie sich.

Und so geriet sie unter das harte Regiment von Ballett-meisterin Nadine Volant. „Wir arbeiten zusammen an der Entwicklung der vertikalen Achse, die für das klassische Ballett unabdingbar ist", verkündete die mit stolzer Haltung gealterte Ballerina mit französischem Akzent. „Unser Körper bewegt sich im Ballett spiralförmig um diese Achse, egal auf welcher Ebene: Plié, Tendue, Relevé, Drehungen, Sprünge ..." An der Stange ist Paula noch einiges gelungen, aber „im Freien", in der Saalmitte, war es um ihr Gleichgewicht geschehen. Immer wieder landete sie auf dem harten Parkett mit ihrem Hosenboden, missbilligend beobachtet von der Volant. „Volant" – mobil, beweglich, fliegend ... Mit einem „Sie wollen einfach nicht!" flog Paula aus der strengen Ballettschule. Für dieses Experiment war es wohl zu spät gewesen.

Eine gewisse Strenge hat auch Tanztherapeutin Linda Wegner. Sie kann ganz schön laut sein. Irgendwann kommt es heraus: Sie war eine echte Ballerina! Aber sie hat dem Ballett abgeschworen, noch bevor sie dazu zu alt und ihre Füße zu krumm wurden. Sie ist übergelaufen zum freien Ausdruckstanz und tanzte nun ohne Spitzenschuhe, barfüßig, kreativ, ohne Choreographie. Und schließlich ließ sie sich zur Tanztherapeutin ausbilden. Heilen durch Tanz, eine schöne Aufgabe, denkt sich

Paula. Vielleicht ist es für mich die passende Methode, wieder meinen eigenen Rhythmus zu finden, meine verlorene Balance?

Das Lied der Carmen von Bizet gibt heute den Rhythmus für die Gruppe der Patientinnen vor, die mit energischen Schritten kreuz und quer durch den Raum marschieren. Die temperamentvolle Arie wirkt wie ein Eisbrecher für Paula, die sich an ihre Flamenco-Stunden erinnert. Flamenco – Feuertanz! Sie lässt sich durch die Musik animieren zu kraftvollen, zackigen Bewegungen, kehrt ihr verkantetes Inneres nach außen. Was steckt da drinnen fest? Für einige Minuten lockert sich ihr Körper, sie hebt ihre Arme, und ihre Hände verdrehen sich zu andalusischen Arabesken. Sie fühlt sich seit langem mal wieder intakt.

Für die nächste Übung, die sich die Therapeutin ausgedacht hat, braucht es etwas Mut und Vertrauen in die anderen. Es ist wohl ein Test für langsam wieder erstarktes Selbst-Bewusstsein. „Wer traut sich zu, sich in die Gruppe rückwärts fallen zu lassen?", fragt Linda Wegner in die Runde. Paula gibt sich einen Ruck und geht langsam in die Mitte der zehn Frauen. Der Kreis schließt sich wieder, wird enger. Sie schaut um sich, in die gespannten Gesichter der anderen, schließt die Augen und lässt sich hintenüber kippen. Und fällt und fällt ... in ein

Netz von Armen, die sich ihr entgegenstrecken und sie wieder auf die Füße stellen.

Unser Postbote als Mensch

Wenn unser Briefträger krank ist, bekommen wir keine Post. Unglaublich? Unser Apotheker hat es mir bestätigt: „Stellen Sie sich vor: Wir erwarten Sendungen von Medikamenten. Und tagelang kommt gar nichts!" Eine Apotheke ist sicher wichtiger als meine Adresse. Aber auch ich warte auf Post, die mir wichtig ist. Sei es das Schreiben vom Finanzamt, das eine Steuerrückzahlung ankündigen müsste. Sei es ein Buch, das ich dringend brauche. Sei es ein Liebesbrief, der nun zu spät kommen wird, weil ich mich inzwischen in einen anderen Mann verguckt habe.

Aber es fehlt mir auch – der Briefträger, wenn er nicht kommt! Am Anfang hat er gar nicht gegrüßt, nur verlegen vor sich hingeschaut, wenn wir uns begegnet sind. Bis ich ihn fragte, aus welchem Land er stamme. Dass er nicht von hier ist, vermutet man wegen seiner Hautfarbe. Sie ist schwarz. Er war offensichtlich erstaunt, dass ich ihm eine solch persönliche Frage stellte. Dabei muss er immer bei uns klingeln und ins Haus kommen, weil unsere Briefkästen im Flur hängen. Er drückt auf alle fünf Klingeln des Hauses. Dann schaltet sich die Gegensprechanlage an, und man hört ein vielstimmiges: „Hallo, wer ist da?"

„Die Post", ruft es zurück. Also drücken alle Anwesenden auf den Türöffner. Summ, summ, summ ... Und wenn der Briefträger meinen Namen ruft, muss ich ihm manchmal im Morgenmantel entgegengehen, um für ein Einschreiben eine Unterschrift zu leisten.

Neulich ging mir die Frage durch den Kopf, wo „die Post" wohl auf Toilette geht während ihres langen Arbeitstages. Kurz darauf habe ich bei einem Spaziergang unseren Briefträger heimlich beobachtet, wie er sein gelbes Lastenfahrrad abstellte, um in einem Gebüsch zu verschwinden. Notdurft nennt man das. Aber darf diese Not sein? Ich habe unserem Postboten angeboten, er könne gerne meine Toilette benutzen, wenn er es nötig habe. Da hat er zum ersten Mal gelächelt, und aus seinem Lächeln heraus kam leise die Antwort auf meine Frage von neulich: „Eritrea".

Zwei Stützen

Braune, faltige Haut. Verschrammtes, verkrustetes Leder. Abgewetzt das Profil mit den Sternchen, das einen flüchtigen Abdruck hinterließ, wenn es sich in schneebedeckte oder matschige Wege grub. So viele Jahre bin ich mit keinem Mann gegangen wie mit meinen alten Bergstiefeln. Immer wieder von Dreck befreit und die Kratzer mit Fett geglättet – so ausdauernd habe ich kein anderes Verhältnis gepflegt. Zugegeben: in letzter Zeit haben mich die Sohlen spitze Steine im Weg immer mehr spüren lassen. Mein Schritt wurde unsicher, wenn es auf rollendem Kies bergab ging oder der Untergrund glatt war. Wie auf dem vereisten Waldstück auf unserem Weg zum Rosskopf.

„Jetzt sind aber neue Stiefel fällig", sagt Rudi, weil ich vor lauter Vorsicht immer lahmer werde. Aber ich will es nicht einsehen. „Sie sind so bequem, haben mir noch nie wehgetan", halte ich ihm entgegen. Doch das ist nicht der wahre Grund, warum ich die braunen Schnürstiefel verteidige. Sparsamkeit ist es auch nicht. Aber wie soll ich Rudi jetzt meine sentimentale Stiefelbeziehung erklären? Ich müsste allzu weit ausholen. Und dann geriete ich außer Atem, bevor wir oben ankommen.

So stapfe ich wortlos hinter ihm her und lasse meine Gedanken los, lasse sie zwischen uns laufen.

Diese Stiefel: in ihnen habe ich die Lust am Gehen entdeckt. Ich kaufte sie, als ich in die Berge zog. In diesem zünftigen Schuhwerk wollte ich den Halbkreis von grauen Felsspitzen erobern, der mir den Horizont verbaute. Meistens schnürte ich die Stiefel, um mich alleine aufzumachen und das höfliche Geschwätz, das zu meinem Job gehörte, hinter mir zu lassen. Auch bin ich froh, wenn mich keiner am Stehenbleiben hindert, wenn keiner zum Weitergehen drängelt, der vielleicht die auf einem Holzpfeil angegebene Gehzeit bis zum nächsten Ziel mit sportlichem Ehrgeiz unterbieten will. Hier eine Bank in der Sonne, dort ein Blick zurück ins Tal, und wenn ein Gebirgsbach meinen Weg kreuzt, ziehe ich gerne die Stiefel aus, halte die geschwitzten Füße ins eiskalte Wasser und versuche dabei, bis zehn zu zählen. Eine lustvolle Qual, die hinterher mit einem Prickeln belohnt wird, als ob ich heißen Champagner in die Schuhe gekippt hätte.

„Keine Angst, so ganz alleine in der Gegend herumzustiefeln?" Lisa, das Zimmermädchen des Hotels, in das es mich als Empfangsdame verschlagen hatte, stellte diese Frage. Auch der eine oder andere Gast wunderte sich, wenn ich, vom blauen Kostüm in eine ausgebeulte

Cordhose umgestiegen, mit geschultertem Rucksack aus seinem Liegestuhl-Blickfeld entschwand. „Angst wovor?", fragte ich die Besorgten. Wenn mir ein wildgewordenes Mannsbild auflauern wollte, und das meinten sie natürlich mit ihren Bedenken, dann hätte es dieser Mensch sicher bequemer in den düsteren Gängen des Kellerlabyrinths, in die ich manchmal Aktenordner tragen musste, als auf einem steilen Bergweg.

Dass sich dennoch in meinem Rucksack neben Vesperbroten, Taschenmesser, Klopapier auch immer eine Portion Angst versteckt, die unterwegs an gewissen Stellen wie der Knüppel aus dem Sack, aber ungerufen, herauskommt, brauchte keiner zu wissen. Der Knüppel schlägt mich mit lähmendem Schwindel, wenn es gilt, über Felsen zu klettern oder sich auf schmalem Pfad an einem Abgrund vorbeizudrücken. Dann gebe ich meistens auf, um umzukehren, was mich aber ärgert, denn ich gehe nicht gerne den Weg zurück, den ich gekommen bin.

Einmal befahl ich meinen Stiefeln, die Höhenangst zu übersteigen. Das war auf der Tour zu der winzigen Kapelle, die ich von meinem Dachfenster aus mit dem Fernglas entdeckt hatte, als ich es auf den Hausberg hinter dem Hotel richtete. Mit dem bloßen Auge von unten nicht zu erkennen, in keiner Karte verzeichnet: das

Kapellchen war mein nächstes Ziel. In breiten Serpentinen schwang sich der Weg hinauf bis in einen Felsenkessel, in dem sich krächzende Dohlen mit ihrem Echo unterhielten. Von dort aus war er nur noch ein unscheinbarer Trampelpfad, der immer steiler wurde. Das artet zu einer wahrhaftigen Wallfahrt aus, dachte ich, als ich auf allen Vieren landete, mich an Felsen und struppigem Gebüsch hochziehen musste. Dann der Moment, in dem mich der Schwindel überfiel. Doch da war es zu spät. Nach unten erschien mir die Kletterei genauso bedrohlich wie nach oben.

So hing ich eine Weile fest, den Kopf an den steinigen Boden gedrückt. Er glühte, der Kopf, und innendrin blubberte das Blut wie kochende Lava. Es gab kein Zurück, also weiter, Zentimeter um Zentimeter, nach Halt suchend für die Stiefel, nach Halt suchend für die Hände. Endlich der Grat, doch höchstens einen Meter breit. Auf diesem Schneid konnte ich mich nicht aufrichten, sondern lag bäuchlings auf ihm, nach Atem ringend. Erst als ich den Kopf hob, sah ich die Kapelle direkt vor mir, nur wenige Schritte entfernt. Schritte? Unmöglich. Ich robbte hin und zog mich in den überdachten Raum hinein. Auch er wohl nur einen Quadratmeter groß, immerhin groß genug, um mich fürs erste in Sicherheit zu wiegen und meinen Puls zu beruhigen.

Allmählich gewöhnten sich meine Augen an das Halbdunkel, und ich nahm eine Madonna wahr, die den geschundenen Christus in ihren Armen hält. „Äußerst passend", war alles, was ich denken konnte. Für alle Fälle fingerte ich meine Geldbörse aus dem Rucksack und warf ein paar Münzen zu denen dazu, die auffordernd auf einem Teller lagen. Vom Eingang der offenen Kapelle aus blickte ich um mich. Der Gratweg war nichts für mich. Aber was lag hinter dem Grat? Vorsichtig tastete ich mich vor. Eine grüne Wiese! Allerdings so steil, dass ich höchstens auf dem Hosenboden bergab rutschen konnte. Ich rutschte und war gerettet, als ich bei einer Almhütte ankam, vor der aus ein bequemer Weg wieder ins Tal führte. Ob ich das Geld mitgebracht hätte, wollte die Sennerin wissen, die mich anscheinend beobachtet hatte. Die Kapelle gehörte zur Alm, und die Opfergroschen dienten zur Pflege der Gotteshütte. „Wenn ich's gewusst hätte", sagte ich. „Na, dann nächstes Mal", meinte die Sennerin. „Gott bewahre", dachte ich. Zwar war ich stolz, das Beben in mir überwunden zu haben, alleine, ohne fremde Hilfe. Aber das hieß noch lange nicht, den Vulkan für alle Zeiten beruhigt zu haben. Und mutwillig herausfordern wollte ich ihn nicht.

Jahre später war er dennoch riesengroß geworden. Weit weg von den Bergen gab es plötzlich eine neue

Angst, in dunkle, bodenlose Tiefen zu stürzen. Die Ärzte hatten mich mit Ermahnungen geimpft: „Kein Sport, Sie müssen sich schonen. Nicht alleine Auto fahren, zu gefährlich. Tragen Sie Ihre Medikamente immer bei sich, für den Notfall." Ich gehorchte, eine Woche, zwei Wochen, einen ganzen Monat lang. Dann setzte ich mich in einen Zug, am ganzen Körper zitternd bei der Abfahrt. Doch ich kam an, ohne beim Gepäckschleppen zusammenzubrechen. Im Koffer die blank gewienerten Stiefel. Der vertraute Hausberg grüßte, ich grüßte zurück, in zwei Decken eingekuschelt von meiner Liege auf der Hotelterrasse aus.

Lisa war noch da. Das sah ich sofort an dem spitzohrigen, weißen Katzenkopf, in das sie ein Kissen zu verwandeln versteht. Und Lisa begleitete mich auf meinem ersten Spaziergang, bei dem ich vorsichtig Schritt vor Schritt setzte. Beim nächsten Mal zog ich die Stiefel an, obwohl wir nur auf Asphalt promenierten. „Ich habe darin besseren Halt", behauptete ich, auch wenn ich in Wirklichkeit spürbar mehr Kraft aufwenden musste, um meine Füße vom Boden zu heben. Doch nach einigen Tagen schaffte ich schon fünf Runden um den Bronzehirsch, der mitten auf der großen Wiese im Kurpark seinen Kopf in den Nacken wirft und lautlos die Spaziergänger anröhrt.

Am Wochenende blieb ich mir selbst überlassen, von Lisa fürsorglich mit einer zweiten Decke für den Liegestuhl ausgestattet. Doch meine Stiefel ließen mich nicht ruhen, sie zogen mich nach draußen. Frühmorgens drehte ich eine Runde im Park und schwenkte dann ein auf den Wanderweg K 3, der stetig bergauf führt. Was war das doch gleich für ein anderes Gefühl, über Waldboden zu laufen, auf dem sich Wurzeln wie glänzende Schlangen über den Weg zogen und Gräser ungehindert über die Fünf-Zentimeter-Marke hinauswachsen konnten, bei der sie im Park eilfertig gestutzt wurden. Ich ging langsam und machte viele Pausen, aber in meiner Phantasie tanzte ich mit einem Pfauenauge, das sich auf einer Blumenwiese seinem Frühlingstaumel hingab.

Als ich bei der Rosskopf-Hütte ankam, war ich froh, meinen Stiefeln gefolgt zu sein. Sie sonnten sich zufrieden neben den schier doppelt so großen vom Girgl, dem Bergwirt, der sich zu mir auf die Bank vor dem Blockhaus gesetzt hatte. „Größe 47", beantwortete der Mann meinen abschätzenden Blick. „Die hat ein Schuster extra für mich angefertigt. Und ich ziehe sie fast nie aus." „Auch nicht im Hochsommer?", fragte ich. Er schüttelte den Kopf: „Sie sind sogar tropenfest." Dann erzählte er mir stolz von der Brasilienreise zu seiner Tochter, die in Rio lebt. Im Urwald habe sich keine Schlange an ihn herangewagt, und an der Copacabana kein Taschendieb. „Auch am Strand hast du die Stiefel getragen?" Ich versuchte, mir den Girgl vorzustellen, wie er mit seinen Stiefelmonstern über fast nacktes, braungeröstetes Fleisch stieg. „Ja sicher, nur da halt ohne Strümpfe", sagte er. Irgendwie waren wir uns einig. Seitdem ich wieder in meinen Stiefeln stand, fühlte ich mich bärenstark und fähig, alles zu zertreten, was sich mir so unheimlich in den Weg gestellt hatte.

Und jetzt klettert wieder dieselbe Freude in mir hoch, die ich damals empfand. Ich ziehe mit großen Schritten an Rudi vorbei, voll Spannung, ob der Girgl noch die Hütte bewirtschaftet. Wenn wir aus dem Wald rauskommen, müsste sie vor uns liegen, eingebettet in bucklige Almwiesen. Da sehen wir schon den Schornstein, der graue Wölkchen in den kalten, blauen Himmel pafft – wie Lebenszeichen, die unter einem feierlichen Leichentuch hervorquellen, das der Schnee über die Almen gebreitet hat. Wir arbeiten uns voran in der Spur, die andere vor uns zur Hütte getreten haben, von einem tiefen Stiefelabdruck zum nächsten. Statt sommerlichem Kuhglockengeläut hören wir nur das Knatschen unserer Sohlen im Schnee, dann Liedfetzen, Gelächter.

Bullige Wärme schlägt uns aus der Hütte entgegen. Unsere Pupillen sind noch zu klein, geblendet vom

Schneeweiß, um Gesichter unterscheiden zu können. Aber da begrüßt mich schon der Girgl, und ich freue mich, dass er mich noch kennt. Er hat seine Gitarre umhängen und sitzt bei einer Gruppe junger Leute aus dem Dorf, die ihn bestürmen, noch ein Lied zum Besten zu geben. „Also gut", eine Zugabe für den Schuster. Doch der Girgl stimmt nicht etwa einen Schuhplattler an, sondern einen Song, bei dem ich Nancy Sinatra in kniehohen Lackstiefeln herumtanzen sehe. „These boots are made for walking, that's just what they do. These boots are gona walk all over you." Jetzt erst sehe ich das überdimensionale Stiefelpaar mitten auf dem Tisch stehen, das der Schuster dem Girgl mitgebracht hat: moosgrünes Wildleder, feinste Handarbeit mit präzise abgesteppten Nähten. „Was ist mit deinen alten Stiefeln", frage ich den Girgl, der nach johlendem Applaus in seinen Filzpantoffeln Größe 47 hinter die Theke schlurft. „Die sind mal wieder geliefert, ich brauche jedes Jahr ein paar neue", sagt er, während er die Obstlerflasche über eine Gläserreihe schwenkt.

Ich sehe, wie sich ein Grinsen auf Rudis Gesicht breit macht. Er meint, nun den Grund zu kennen, warum ich so widerspenstig an meinen ausgetretenen Stiefeln hänge: „Die Dinger hattest du an, als wir uns das erste Mal über den Weg liefen. Ich weiß es noch genau, weil ich mich später darüber wunderte, dass du gar nicht so hausbacken bist, wie ich glaubte." „Das ist der Gipfel", denke ich, aber Rudi ist in Fahrt und lässt mich nicht zu Wort kommen. „Wie wäre es, wenn ich dir ein paar neue schenke?", fragt er jetzt. „Meinetwegen", höre ich mich sagen, als ob ich nicht insgeheim schon ausgiebig das Prachtpaar auf dem Tisch bewundert hätte, um dann wie aus plötzlicher Eingebung auftrumpfen zu können: „Aber Girgls Schuster soll sie machen. Ich will, dass sie sitzen wie eine zweite Haut. Und zur Sicherheit, damit ich mir auf keinen Fall Blasen an die Füße laufe, musst du meine alten Stiefel im Rucksack tragen, so dass ich jederzeit wieder reinschlupfen kann, wenn mich die neuen piesacken." Das ist zuviel des Guten für Rudi, er hält mich wohl für übergeschnappt und droht mir, er habe da eine ganz andere Idee.

Dabei setzte dieser sonst so ernsthafte Mensch dasselbe Lausbubengesicht auf, das vor mir auf meinem Schreibtisch steht und es fertigbringt, meinen Ärger wegzufeixen. Seit einer Woche sind wir schon wieder zu Hause, und er hat seinen Koffer noch immer nicht ausgepackt. Dafür lasse ich meine neuen Stiefel vor der Wohnungstür stehen, noch immer ungeputzt, noch immer mit dem dicken Batzen Kuhfladen dran, der irgendwo unter geschmolzenem Schnee zutage kam und in den ich auf unserer letzten Wanderung hineingetreten bin. Girgls Schuster hatte sich sofort nach Rudis Auftrag an die Arbeit gemacht, meine Füße noch in der Hütte gründlich vermessen und mir nur wenige Tage später sein Werk übergeben. Bei der Einweihung marschierte ich schweigend neben Rudi, eine Stunde, zwei Stunden, drei – ohne auch nur ein Wort zu sagen. Es gab nichts zu sagen, ich spürte die Stiefel nicht, nur dass sie federten, federten und mich Schritt für Schritt nach vorne warfen.

Mein Blick fällt ins Bücherregal, auf braune, faltige Haut. Verschrammtes, verkrustetes Leder. Abgewetzt das Profil mit den Sternchen. Und nun – gegossen in Plexiglas, zwei kantige Blöcke, die mir Rudi geschenkt hat. Jetzt stützen sie Rilke, Hesse, Seghers, Demski, während ich auch ohne sie einen festen Stand habe und selbst barfuß so fest auftrete, dass die Holzdielen unter mir erzittern.

Aus dem Tagebuch von Max

Meine dunkle Vergangenheit

Wenn Frauke und Hannes mich nicht verstehen, dann schieben sie es manchmal auf meine dunkle Vergangenheit. Ich war schon drei Jahre alt, also bereits ein junger Dackelmann, als ich zu ihnen kam. Wenn ich um tolpatschige Kinder einen großen Bogen mache, fragen sie sich, was ich in meiner eigenen Kindheit und Jugend wohl mit ihnen erlebt habe. Wenn ich vor großen Hunden abhaue, stellen sie sich dieselbe Frage. Ja, da könnte ich so einiges erzählen. Aber das verstehen sie leider nicht. Und ehrlich gesagt, die Erinnerungen verblassen. Doch die Ängste bleiben. Wer wie ich mehrmals weitergereicht wurde, hat ein Vertrauensproblem. Wie oft denke ich: Ich will jetzt bei euch bleiben, bitte lasst mich nicht sitzen. Auch nicht eine einzige Stunde hinter der verschlossenen Wohnungstür. Oder etwa angebunden vor einem Supermarkt! Wie soll ich mich da wehren, wenn ein Riesenschnauzer an mir rumschnüffelt oder ein Dreikäsehoch mich streicheln will? Das ist die reinste Folter. Und habt ihr auch mal daran gedacht, dass mich irgendein anderer Mensch einfach mitnehmen könnte?

Immerhin bin ich ein Rassehund, sogar mit Adelsprädikat.

Ich erinnere mich an den Bauernhof, auf dem ich aufgewachsen bin – zusammen mit Hühnern und Enten und Schweinen. Wahrscheinlich habe ich denen allen Beine gemacht und zu viel Unruhe gestiftet, so dass ich zu Melanie gebracht wurde, die mich in ihr Hunderudel aufnahm. Ich war der Kleinste, aber immerhin der Schönste. Ich habe einen Preis in einem Schönheitswettbewerb gewonnen! So viele Dackel auf einmal! Daran kann ich mich noch dunkel erinnern.

Aber in meinem Rudel galt das nichts. Da gab es Kraftprotze, die sich durch Knurren und Beißen Respekt verschafften. Sie waren immer vorne dran, beim Fressen wie bei den Streicheleinheiten. Ich glaube, Melanie hatte Mitleid mit mir. Sie hat verstanden, dass ich einen Menschen oder eine Familie für mich ganz alleine brauche und hat wohl deshalb beschlossen, mich herzugeben. Ich ahnte es, als Hannes und Frauke kamen, um mit mir einen Spaziergang zu machen. Ich lief neben ihnen an der Leine und traute mich nichtmal, das Bein zu heben. Sie haben mich in ihr Auto gehoben und mitgenommen auf eine Fahrt, die lange dauerte. Ich saß auf Fraukes Schoß, schicksalsergeben.

Aber hier durfte ich zunächst nicht bleiben. Sie brachten mich zu ihrer Mutter Ute, die mein neues Frauchen werden sollte. Sie lebte alleine in ihrem Haus mit Garten, das war schonmal ein Lichtblick. Ihr Mann war gestorben, und ich sollte sie trösten, aber wir wurden nicht warm miteinander. Am Abend zeigte sie mir ein Körbchen im Gang, wo ich schlafen sollte und zog ihre Schlafzimmertür hinter sich zu. Ich habe die ganze Nacht gewimmert und gejault. Weg vom Rudel, ganz alleine auf mich gestellt, und keine Menschenseele, die *mich* tröstete.

Ute war schon alt und konnte nicht mehr so flott laufen. Einmal bin ich ihr entwischt, als sie mich vor einem Laden anleinen wollte. Ein Mann hat mich auf der Straße eingefangen und zu ihr zurückgebracht. Als sie krank wurde und gar nicht mehr für mich sorgen konnte, haben mich Frauke und Hannes abgeholt. Ich schöpfte Hoffnung, und tatsächlich: aus vorübergehend wurde für immer. Ich durfte bei ihnen bleiben und auf sie und ihr Haus aufpassen. Die Nachbarskatzen waren meine neuen Spielgefährten. Hier konnte ich zeigen, wie schnell und wie tapfer ich war. Und ich hatte endlich zwei Menschen und eine Couch für mich, auf der ich mich wohlig an die beiden ankuscheln konnte.

Waldkino

Mein Lieblingsort? Der Wald. Nirgendwo sonst gibt es so viel zu schnuppern. Am Wegrand hat wohl eine Hündin gepinkelt. Ob wir sie noch treffen? Eine Rehspur verläuft quer über den Weg ins Gebüsch hinein. Ich will hinterher mit Jiff-Jiff, doch Hannes zieht die lange Leine straff und hält mich mit lauter Stimme zurück: Hierher Max! Aber er kann mich irgendwie verstehen. Neulich hat er zu Frauke gesagt: Der Wald, das ist wie Kino für Max. Ich war zwar nie im Kino, da darf ich nicht rein. Aber vielleicht ist das so ähnlich wie der Fernseher, der abends läuft? Da sieht man auch manchmal Hirsche oder sogar Bären. Doch das lässt mich ziemlich kalt. Ich weiß nicht, was die Menschen an dieser Kiste finden, die so gar keinen Duft verströmt. Der Wald ist viel mehr als Kino oder Fernsehen.

Wenn wir in den Wald gehen, freue ich mich so sehr, dass ich an Hannes hochspringe, mit allen Vieren. So hoch, dass er mich auffangen muss, sonst würde ich vielleicht auf den Rücken fallen wie ein Käfer. Aber er fängt mich, ich kann mich darauf verlassen.

Im Wald machen wir auch manchmal das Spiel „Sitz!". Ich setze mich auf den Weg, und sie gehen weiter.

Ich soll sitzenbleiben, bis sie mich rufen aus gehöriger Entfernung. Manchmal halte ich es aus, dieses Geduldsspiel. Manchmal mogele ich ein bisschen und rutsche ihnen auf dem Hintern ein Stück hinterher, solange sie sich nicht umdrehen. Manchmal sitze ich aber auch schon direkt hinter ihnen, wenn sie stehenbleiben. Es kommt vor, dass sie mich dann glatt übersehen und erschrecken. Das macht mir großen Spaß. Dackel und Erziehung? Sie hätten wissen müssen, worauf sie sich einlassen, als sie mich zu sich geholt haben.

Kürzlich bin ich erschrocken, als am Wegrand ein lilafarbener Mops saß. Möpse kann ich nicht leiden und in Lila schon gar nicht! Ich habe ihn angeknurrt, angebellt – und der Kerl hat gar nicht reagiert, nur weiter blöd gegrinst. Er hat auch nach gar nix gerochen, als ich mich angepirscht habe. Frauke hat sich nicht mehr eingekriegt vor Lachen. So ist das, sagte sie, auf dem Waldkunstpfad, und machte ein Foto von meinem dummen Gesicht vor dem lila Mops.

Meine Ohren

„Hörst du nicht?", rufen sie manchmal. Aber ich höre sehr gut. Nur mag ich nicht immer ihre Anweisungen befolgen. Das hat doch nichts mit meinen Ohren zu tun, sondern mit meinem Dickschädel. „Typisch Dackel", heißt es dann.

Wenn ich renne, klappen meine Schlappohren nach hinten. Ich stelle mir vor, dass das rasant aussieht. Aber Frauke gefällt es nicht. Sie ruft: „Warte mal", und wenn sie bei mir ist, legt sie meine Ohren wieder ordentlich nach vorne.

Zum Glück bin ich so ein kerniger Typ, dass ich bisher in keinen Hundesalon geschleppt wurde. Mein Bärtchen bleibt wie es ist! Da bin ich auch sehr empfindlich. Es kommt vor, dass Kletten oder Fressensreste darin hängenbleiben und Hannes dann versucht, sie rauszuholen. So vorsichtig er das auch macht, wenn er an meinen Barthaaren zieht, ist das für mich ein Grund zum Jaulen, was für seine Ohren sehr unangenehm zu sein scheint. Er hält sie sich dann zu.

Auch bei manchen, für mich ätzenden Geräuschen muss ich jaulen. Vor allem beim Schrillen der Türklingel. Das war schon immer so und wird sich nicht mehr ändern, allen Aberziehungsmaßnahmen zum Trotz. Ich

MUSS einfach melden, dass jemand Einlass begehrt, auch wenn das eigentlich schon die Klingel tut. Wenn ich sie höre, bin ich von einem Moment zum anderen in heller Aufregung. Es könnte der Teufel mit den langen Klauen sein! Umso größer die Freude, wenn er's nicht ist, sondern einer meiner Lieben. Dann jaule ich noch eine ganze Weile weiter – aus Begeisterung.

Hannes hat sich wohl einen Trick einfallen lassen. Plötzlich stehen Fremde in der Wohnung, ohne dass die Türklingel sie angekündigt hätte. Aber sein Telefon hatte sich kurz vorher gemeldet ... Ich kombiniere und jaule nun auch, wenn das Handy klingelt. Jetzt probiert Hannes verschiedene Handytöne durch. Neulich hat bei uns im Wohnzimmer eine Kuh gebrüllt! Ja, hat man da noch Töne?

Frauke hat mich kürzlich durch andere Geräusche fertig gemacht. Sie öffnete einen schwarzen Kasten und packte verschiedene Teile aus, die sie zu einem langen Ding mit silbernen Knöpfen zusammenbaute. Sie hob es zum Mund, um reinzublasen, und heraus kamen Töne, bei denen ich einfach mitheulen musste. „Wie ein Wolf" stand ich da, wie Frauke später Hannes erzählte. Ich hob den Kopf und jaulte mit ihr um die Wette. Das war ihr erster und letzter Versuch, in meinem Beisein „Klarinette" zu üben.

Bei Frau Doktor

Einen bestimmten Ausgang kenne ich inzwischen so gut, dass ich mich mitten auf dem Weg hinhocke, um das Weitergehen mit einem Sitzstreik zu verhindern. Aber in diesem Fall zeigen sich meine Menschen gnadenlos, sowohl Frauke als auch Hannes. Wenn ihre Überredungskunst nicht hilft, nehmen sie mich einfach auf den Arm und laufen weiter. Sonst mag ich das gern, aber jetzt verdamme ich mein Kleinsein. Sie lassen mich erst wieder runter, wenn wir einen Raum betreten haben, wo ich an der Leine neben ihnen sitzen muss. Dieser Raum ist schon eine Zumutung, weil außer uns noch andere Leute warten mit teils recht unsympathischen Artgenossen. Kürzlich dieser sabbernde Boxer, der mich aus blutunterlaufenen Augen anstarrte ... Ungefährlich erschien mir trotz seiner Größe ein Riesenschnauzer, der eine ebenfalls riesige Plastiktüte um den Hals trug. Ich kenne das. Nach einer Verletzung musste ich auch so ein Ding tragen, mit dem ich überall anstieß. Treppensteigen war ganz unmöglich. Aber vor allem konnte ich nicht an der juckenden Wunde lecken, was wohl der Sinn der Sache war.

Ganz seltsam zumute wird mir, wenn Leute mit einer großen Box hereinkommen, durch deren Stäbe mich

Katzen angucken und anfauchen oder einfach nur kläglich miauen. Ich gebe es zu, ich jaule auch die meiste Zeit in diesem Wartezimmer. Ich fühle mich ausgeliefert, und mir ist schrecklich mulmig.

Kürzlich gab es eine Abwechslung, als ein junges Paar mit einer verschlossenen Kiste hereinkam. Sie sprachen französisch, und Frauke wollte ihre Sprachkenntnisse anwenden. Also hat sie gefragt, was da drin sei. Und die Leute haben sie reingucken lassen, worauf Frauke zurückschreckte. Sie hat hinterher erzählt, dass zwei kranke Ratten in der Box saßen. Ich saß derweil ... in einem Bücherregal, hatte ein wunderbares Versteck hinter einem dicken Wälzer. Als ich dort saß, fiel das Buch um und machte mich ganz und gar unsichtbar. Dachte ich. Bis mich Frauke lachend herausholte, um mich Frau Doktor vorzustellen.

„Wie geht es uns denn", fragte die mich. Wie soll ich das wissen. Ich könnte nur sagen, dass es mir gerade beschissen geht auf dem Tisch, auf den mich Frauke gesetzt hat. Und ich zittere, vor den Augen von Bessy, die ihr Körbchen unter Frau Doktors Schreibtisch hat. Das ist beschämend, aber ich kann nicht anders. Frau Doktor untersucht mich, und wenn ich empört nach ihr schnappe, stülpt sie mir einfach einen Maulkorb über. Sie hat ihre Tricks. Es ist sicher verständlich, dass ich dieses Haus nicht zu meinen Lieblingsorten zähle. Trotz Bessy, dieser schlappohrigen Schönheit, die kaum größer ist als ich.

Manchmal piekst mich Frau Doktor! Ich schlafe ein und wache erst zu Hause auf unserer Couch wieder auf. Was diese Besuche zu bedeuten haben, wird mir wohl immer ein Rätsel bleiben, auch wenn Frauke beruhigend murmelt: Wir wollen dir doch nur helfen!

Mut und Ängste

Ich mag es nicht, wenn Hannes und Frauke anderen Menschen, die uns begegnen, erklären, ich sei ein Zwergdackel. Das klingt in meinen Ohren arg mini und bedeutungslos. Aber klein bin ich schon, was mir manchmal zu schaffen macht. Etwa wenn ich aus der Ferne sehe, dass uns eine aggressive Bulldogge entgegenkommt. Dann halte ich mich dicht hinter Hannes oder Frauke, so dicht, dass sie mich manchmal übersehen, wenn sie sich nach mir umdrehen. Oder ich springe verzweifelt an ihnen hoch, damit sie mich auf ihre Arme heben, wo ich dem Monster aus sicherer Warte entgegensehen kann. Das schaffe ich nur selten, weil sie meinen, mir etwas mehr Mut anerziehen zu müssen. Dann bleibt nur ein Ausweg: die Flucht – nach hinten. Das hat aber nur einmal geklappt. Frauke nimmt mich seitdem immer an die Leine, wenn Gefahr droht. Bei Hannes habe ich weniger Schiss. Er ist wohl selbst nicht so sehr besorgt bei solchen Begegnungen wie Frauke. Das scheint auf mich überzugehen.

Und so kam es zum Zusammentreffen mit Max, dem Großen. Es hat mich selbst sehr verblüfft, wie dieser etwa viermal so große Kerl von Anfang an eine solch große Anziehungskraft auf mich ausübte. Ich bin ausgerastet. Er hatte zwar weniger Rasse als ich, aber er roch einfach himmlisch. Und er hatte ein sanftes Gemüt, so dass er sogar meine aussichtslosen Bemühungen, ihn zu besteigen, geduldig hinnahm. Er hat sich nur ein bisschen gewundert. Der Rest der Welt fand das amüsant.

Er hieß Max wie ich, und von da an waren wir auf gemeinsamen Spaziergängen oder Bergwanderungen ein zwar ungleiches, aber tolles Paar. Es gab nur immer etwas Verwirrung, wenn unsere Menschen, die sich angefreundet hatten, „Max" riefen. Wer war jetzt gemeint? Wir Mäxe einigten uns: keiner. Mit meinem Namensvetter zusammen ließ ich mir nicht mehr den Schneid abkaufen. Wir waren ein gutes Team.

Wenn Hannes verreiste, durfte ich bei Max und Co. übernachten und sogar mit meinem Kumpel zusammen in seinem geräumigen Korb liegen. Aber das ist nun Vergangenheit. Leider ist der große Max alt und krank geworden, und eines Tages sahen wir sein Herrchen alleine beim Joggen.

Nun muss auch ich mich wieder alleine durchkämpfen. Aber ich habe durchaus Mut, wenn es darum geht, Haus und Hof oder auch den Angelplatz von Hannes zu beschützen. Der ist nicht von einem Zaun umgeben, durch den ich frech und sorglos die Vorbeigehenden anknurren und verbellen kann. Doch selbst wenn ein imposanter Schäferhund vom Uferweg zu uns herunterkommen will, sage ich ihm gehörig Bescheid. Mein Platz ist mein Platz. Der wird verteidigt mit Getöse. Das ist in mir drin. Meine Menschen nennen es Instinkt.

Wasserscheu

Ich geb's zu: Ich bin wasserscheu. Wenn Hannes oder
Frauke die Haustür öffnen, um mit mir Gassi zu gehen
und wenn mir beim Rausgucken drei Regentropfen auf
die Nase fallen, dann ziehe ich schleunigst den Kopf ein
und schalte in den Rückwärtsgang. Manchmal werde ich
bei Regen gezwungen, an der Leine nach draußen zu gehen. Aber dann lasse ich mich in den Streiksitz nieder.
Mit mir nicht. Ihr könnt schön trocken unterm Schirm
promenieren, und ich? … werde patschnass zwei Stock-
werke tiefer. Das ist einfach eklig. Ich ziehe es vor, vom
Fenster aus dem bunten Treiben der Regenschirme zu-
zusehen, nix zu saufen und mein Pipi anzuhalten. Das
geht viel länger, als meine Menschenkumpels denken.
So lange, bis wieder die Sonne aus den Wolken hervor-
kommt. Dann drängt es auch mich wieder ins Freie.
Dann aber subito.

Irgendwann kommt der Sommer und mit ihm manchmal eine Affenhitze. Wieso man die so nennt, weiß ich
nicht. Ich habe noch nie einen Affen bei uns herumsprin-
gen sehen, wenn es heiß war. Oder sind damit die Men-
schenaffen gemeint, die wie die Wilden ins Wasser
springen? Hannes und Frauke fahren gerne zu einem
Teich im Wald. Dorthin darf ich mit. Wenn sie ins

Schwimmbad gehen, muss ich draußen bleiben. Doch wenn Hannes und Frauke zusammen im Wasser verschwinden, werde ich leicht panisch und renne am Ufer hin und her. Sie rufen dann: „Max, komm doch rein!" Aber ich denke nicht dran, sondern begnüge mich damit, auf ihre zwei Handtücher aufzupassen, nachdem ich sie erstmal mit meinen Pfoten markiert habe.

Einmal habe ich die beiden im See nicht mehr gesehen und bekam einen gehörigen Schreck. Ich rannte auf die andere Uferseite und sah sie immer noch nicht. Weiter durch den Wald zur Straße. Hier musste doch irgendwo unser Auto stehen. Bremsen quietschten. Ein Mann stieg aus seinem Auto und redete beruhigend auf mich ein. Ich ließ mich am Halsband fassen. Dort steht in einem Anhänger mein Name und meine Telefonnummer oder besser gesagt Hannes' Telefonnummer. Die rief der Mann an, und nach wenigen Minuten stand Hannes erschrocken vor uns. Er schimpfte nicht, er schien einfach nur froh zu sein und bedankte sich bei dem Mann. Dankbar bin ich auch. Ende gut alles gut.

Das mit dem Wasser ist so eine Sache. Nicht, dass ich nicht schwimmen könnte. Ich weiß, dass ich schwimmen kann! Das habe ich Hannes und mir selbst bewiesen, als ich noch ziemlich jung war. Hannes war mit mir am See, und wir spielten Auf-zwei-Beinen-gehen. Er hatte meine

Vorderpfoten in die Hände genommen und ging langsam rückwärts, immer näher ans Wasser, ins Wasser hinein! Und als ich nicht mehr gehen konnte, was bei meinen kurzen Beinen schnell der Fall war, ließ er sie los. Und ich schwamm, kraulte, paddelte wie es mir gegeben ist. So schnell, dass ich bald wieder draußen war ...

Unglaublich flexibel

Irgendetwas stimmt nicht mit den beiden. Wenn sie miteinander reden, wird es nun meistens laut. Manchmal schreien sie sich sogar an, und dann verkrieche ich mich auf mein Lager. Abends, auf der Couch vor dem Fernseher, sitzen sie jetzt weit auseinander. Ich habe das Bedürfnis zu verbinden und lege mich dazwischen, so dass ich mit dem Kopf auf dem Oberschenkel von Hannes liege und mit meinem Hinterteil auf ihrem Schoß. Das hilft. Denn dann streicheln mich beide, und irgendwann finden sich ihre Hände.

Aber es hilft immer weniger. Ich schaue sie manchmal verzweifelt an, voller Angst. Was soll nur werden? Dann ernte ich von ihr ein paar Tränen, aber sie hat wohl einen Entschluss gefasst. Ich kann es nicht glauben:

Hannes soll raus. Das kann sie mir doch nicht antun! Ich liebe Hannes, na ja, ich liebe beide. Hannes kann es anscheinend auch nicht fassen. Aber er bereitet seinen Umzug vor. Und ich? Kann mir bitte mal einer sagen …?

Ich darf mit Hannes gehen, bei ihm wohnen. Und manchmal zu ihr. Ich bin ein Trennungshund, sagen sie. Was das zu bedeuten hat? Ich habe einen Schlafkorb in seiner Wohnung in der Stadt und einen Korb bei Frauke im Haus auf dem Dorf. Jetzt muss ich auf zwei Wohnungen und zwei Gärten aufpassen. Seine Klingel klingt anders als ihre. Egal, ich mache hier wie dort gehörig Rabatz, wenn es an der Tür klingelt. Wenn Hannes zu Frauke kommt, um mich abzuholen, dann suche ich meinen Plüschkumpel und lege ihn vor seine Füße.

Frauke ist vorsichtig beim Spazierengehen und nimmt mich immer an die Leine. Ihre Bedenken übertragen sich auf mich. Ich kriege einen gehörigen Schreck, wenn uns ein großes Exemplar meiner Artgenossen entgegenkommt und klammere mich an ihr Bein, damit sie mich bitteschön hochnehmen soll. Macht sie aber nicht. „Du bist zu dreckig", meint sie dann manchmal beleidigend. Hannes dagegen lässt mich frei laufen und überall schnuppern. „Das ist wie ein Erlebnisparcours für den Hund", meint er, und dem kann ich nur zustimmen.

123

Außerdem kann ich um größere Bellos einen Bogen machen.

Ich muss mit beiden klar kommen. Denn keiner kann mich den ganzen Tag über behalten. Sie arbeitet vormittags, und er fährt nach dem Mittagessen zu seinem Job, nachdem er mich zu ihr gebracht hat. Abends holt er mich dann wieder ab, und ich darf bei ihm übernachten – mein Weidenkorb steht direkt neben seinem Bett. Am Wochenende bin ich mal hier mal dort. Ich habe den beiden von Anfang an klargemacht, dass ich nicht alleine zu Hause bleibe. Nach einer halben Stunde fällt mir die Decke auf den Kopf, und ich kriege einen Einsamkeitskoller. Dann schreie ich „wie ein Kind", sagen sie.

Hauptsache, ich darf bei ihr und bei ihm bleiben, und sei es immer abwechselnd. Ich schaffe das, denn – wie hat Hannes kürzlich gesagt? – ich bin „ein unglaublich flexibler Hund".

Urlaubsparadiese

Urlaub, noch so ein Trennungsthema. Zusammen sind beide gerne zum Wandern in die Berge gefahren. Als ich das erste Mal dabei war im jugendlichen Alter von drei Jahren, bin ich munter mit ihnen bergauf gelaufen. Na ja, die Tour hat sich etwas in die Länge gezogen. Und als ein Wanderer entgegenkam, der mitleidig meinte: „Der arme Kerl, das ist doch zu viel für ihn", hat mich Hannes schuldbewusst in seinen Rucksack gesteckt, wo ich schaukelnd den Rückweg von oben beobachten konnte. Das war genial. Aber die beiden haben bald gemerkt, dass ich viel länger auf meinen kleinen Beinen trippeln konnte, als sie dachten. Es ist ihnen wohl etwas gedämmert, als ein anderer Wanderer auf mich zeigte und lachend fragte: „Oh, ein Dackelchen. Na, machen sie schon alles, was er will?"

Manipulation – ich glaube, das beherrsche ich ganz gut, auf meine Weise. Ich wende sie zum Beispiel an in der Küche. In seiner Küche beiße ich allerdings meist auf Granit, wenn ich meinen traurigsten Blick aufsetze, weil die Düfte nach Fleisch und Wurst kaum noch auszuhalten sind. Hannes hat die feste Absicht, mich nicht zunehmen zu lassen. „Du sollst nicht wie eine dicke, fette

Wurst herumlaufen!", hat er mich ermahnt. Ich selbst eine Wurst? Das wäre doch ein Traum!

Bei Frauke habe ich manchmal mehr Erfolg, wenn ich den Schmachtblick ausprobiere. Dann legt sie mir erstmal ein Kissen auf die Küchenfliesen, so dass ich sie ganz bequem beobachten, jeden Handgriff verfolgen kann. Wenn sie die Fleischwurst aus dem Kühlschrank holt, schrillen bei mir die Alarmglocken. Dann winsele ich ein bisschen, und meine Aufregung wächst. Gelegentlich wird sie dann schwach und schneidet mir eine Wurstscheibe herunter.

Irgendwann plante Frauke wieder einen Urlaub in den Bergen, ganz alleine, das heißt nur mit mir. Kein Hotel, keine Pension? Ich wunderte mich etwas, als sie das Auto an einem Waldweg parkte und ihren Rucksack schulterte. Wir stiegen bergauf, Kurve um Kurve, vorbei an einem Wasserfall. Bis sich der Wald öffnete – auf eine Mulde zwischen Berggipfeln. Und in der Mulde stand eine Hütte, davor ein Jeep. „Willkommen auf der Mariandl-Alm", sagte eine freundliche Frau. „Das ist Christa, die Sennerin", erklärte mir Frauke. „Und sie überlässt uns die Hütte für eine Weile." Frauke inspizierte die Alm, und ich konnte mein Glück nicht fassen. Wie ein Derwisch sauste ich über die blühenden Wiesen, die so viele unbekannte Düfte ausströmten.

Dann musste ich die Hütte erschnuppern. Küche, großer Tisch mit Eckbank, ein alter Herd, in dem ein Holzfeuer knisterte. Frauke wurde ermahnt, es tagsüber nicht ausgehen zu lassen. Der Herd wärmt die Hütte und das Wasser zum Waschen oder Kaffeekochen. Eine Tür führt in eine kleine Stube mit einem Bett, und da stand doch tatsächlich mein Korb daneben. Die Sennerin musste ihn mit dem Jeep hochgebracht haben. Ich hüpfte gleich rein und konnte mich da oben nun rundherum wohlfühlen.

Es wurde ein wunderbarer Urlaub, ganz ohne Leine. Freiheit pur! Es gab auch einen großen Stall direkt hinter der Stube. Aber er blieb leer. Die Rindviecher standen noch im Tal. Dafür bekamen wir manchmal Besuch. Tagsüber einige Wanderer, die Frauke mit Getränken bewirten konnte.

Einmal stand sie noch im Schlafanzug vor dem Herd, als ich Schritte hörte und kräftig bellte. So war Frauke vorgewarnt, als zwei Männer in die Hütte schauten. Es muss noch sehr früh gewesen sein. Ob sie sich kurz auf der Bank draußen ausruhen dürften? Sie wollten noch keinen Kaffee, erst nach ihrer Gipfelbesteigung. Frauke kraulte mich am Ohr: „Gut gemacht Max", lobte sie mich. Ihr Handy hat dort oben nicht funktioniert.

Als wir am späten Abend ganz alleine waren – kein Wanderer mehr weit und breit – und plötzlich ein Hase über den Bergweg hoppelte, da fehlte mir gar nix mehr. Ich genoss die wilde Jagd, die ich dann doch verlor. Der Kerl kennt sich da oben einfach besser aus. Manchmal hörte ich Pfiffe und regte mich auf. Und Frauke meinte dann bloß: Murmeltiere, die gibt's nur hier oben. Ich habe meine Ohren gestellt und ganz genau hingehört, aber gemurmelt haben sie nicht … Wenn Frauke abends die Hütte verrammelte, uns beiden etwas zu futtern machte und dann auf der Bank gelesen oder geschrieben hat, habe ich mich neben sie gelegt und vom Paradies geträumt, dem ich auf der Alm recht nahe gekommen schien.

Aber das Paradies kann auch ganz anders aussehen. Mit Hannes teile ich eine andere Leidenschaft: an Seen und Teichen zu sitzen und unverwandt ins Wasser zu schauen. Bis es einen Aufruhr gibt am Ende seiner Angelrute. Es sieht nach Kampf aus. Hannes zieht, die Angel biegt sich durch. Er kurbelt, und irgendwann zappelt ein Fisch in der Luft, den er dann ans Ufer holt. Manchmal, das bleibt jetzt aber unser Geheimnis, lecke ich am Fisch, der auf einer Decke liegt. Köstlich! Aber zum Fressen muss ich mich mit meinem langweiligen Hundefutter begnügen.

Das grüne Zelt von Hannes ist mindestens so urig wie die Almhütte, nur wesentlich kleiner. Es hat gerade so viel Platz für Hannes' Liege und mein Körbchen. Und so sind wir nachts immer eng beisammen. Wenn es kalt ist, darf ich sogar manchmal in seinen Schlafsack krabbeln. So kam es, dass ich durch die Trennung meiner Menschen zwei Paradiese erleben kann.

Lasst Männer um mich sein

Ich darf mit, wenn es abends in die Kneipe geht. Bin ich froh, dass ich keinen Zigarettenqualm mehr ertragen muss! Ich habe manchmal kaum noch Luft bekommen. Am liebsten sind mir Gartenwirtschaften, wo ich herumstromern kann. Manchmal fällt dann von oben ein Stückchen Wurst ab, wenn ich meinen mitleiderregenden Blick aufsetze. Heißt der nicht sogar „Dackelblick"? Jedenfalls wirkt er immer wieder.

Ungern gehe ich mit in Lokale, in denen meine Leute ganz oben auf Barhockern sitzen, und ich untendrunter, stundenlang. Das langweilt mich sehr. Und mein Bedürfnis nach Nähe wird dabei ganz und gar nicht berücksichtigt. Auch habe ich Bedenken übersehen zu werden. Jemand könnte auf mich drauftreten. Interessant wird es, wenn noch andere Hunde am Fußboden herumwuseln und wir uns heimlich beschnuppern können.

Neulich hat mich Frauke mitgenommen in ein Restaurant, das ich sehr gerne mag, weil ich mich mit dem Wirt gut verstehe. Er lässt mich auf der gepolsterten Bank neben Frauke Platz nehmen, ohne Theater zu machen. Er kennt auch schon meinen Namen und begrüßt mich mit „hallo Max!". Das nenne ich kundenfreundlich.

Doch an diesem Tag kam Gerd ins Spiel. Frauke schien sich mit ihm dort verabredet zu haben, obwohl sie ihn gar nicht kannte. Und Gerd schaute etwas missbilligend auf mich, auf meinem gemütlichen Beobachtungsposten auf der Bank. Ich habe prüfend zurückgeschaut und wusste zuerst nicht so recht, wie ich reagieren sollte. Die beiden kamen ins Gespräch und schienen mich glatt zu vergessen. Als Fraukes Fleischgericht auf den Tisch kam, habe ich mich schnuppernd bemerkbar gemacht, aber da war diesmal nichts zu holen. Frauke wollte wohl meine gute Erziehung vorführen. So habe ich mich unter die Bank getrollt, wo mir der Wirt eine Schale mit Wasser hingestellt hatte. Er ist wirklich sehr aufmerksam.

Von da an gab es Spaziergänge mit Gerd und Einkehr in andere Wirtschaften. Und Frauke muss sich mit Gerd auch ohne mich getroffen haben. Denn bei der nächsten Fahrt in die Berge saßen wir zu meiner Überraschung in seinem Auto. Ich rollte mich brav in meinem Korb zusammen und lauschte seiner Stimme, die nicht unangenehm klang.

Wir sind tagelang gewandert mit einer ganzen Gruppe von Leuten. Ich hatte wohl die größte Ausdauer von allen und hätte eigentlich keine Schnapspausen gebraucht. Die meisten fanden mich „süß", aber ich habe mir Gerd ausgesucht – als Leittier. Ich stehe auf große Männer. Ich also immer dicht hinter ihm und Frauke daneben. Das hat sie wohl gefuchst: „Du Männerhund!", schimpfte sie. Aber was will sie denn? SIE hat ihn doch ausgesucht. Und sie sollte froh sein, dass ich ihm nicht in die Waden beiße vor Eifersucht.

Das weiße Gespenst

Alles begann mit Fraukes Umzug zu Gerd. Ich natürlich im Schlepptau, was soll ich machen? Wir fuhren dem großen Laster hinterher, der Fraukes Möbel, Bücher und sonstigen Kram beförderte. Frauke schubste mich durch das Tor, und ich rannte los. Ein Haus mit Garten! Eine wilde Wiese und Bäume für meine Notdurft. Und diese Düfte! Es roch nach Katzen und Eichhörnchen, denen ich besonders gerne hinterher jage. Ich schnüffelte mich durch die Hecke und einen vollgestopften Schuppen, immer den vielen aufregenden Spuren hinterher. Innen schien mir das Haus irgendwie vertraut trotz der vielen Kisten, die sich auftürmten. Da stand unsere Couch, auf der ich mich gerne an Frauke kuschele, und unter ihrem Schreibtisch entdeckte ich meinen Korb. So hatte ich schon einen Rückzugsort inmitten des Umzugschaos'.

Plötzlich stand er vor mir, ich hatte ihn gar nicht kommen hören. Wie ein weißes Gespenst, starr und steif, mit einem bedrohlichen Buckel. Ein Kater, direkt vor meinem Korb! Ich jaulte auf und machte einen Satz über den Korbrand; er verschwand. Ich mit jiff-jiff hinterher. Doch er flutschte durch ein Loch in der Kellertür, durch das ich meinen Kopf nicht hindurchstecken konnte. Ich war fassungslos, als Frauke mir erklärte, dass „Herr

Mautz" auch hier wohne. Es handele sich um den bisherigen Hausherrn!

Alles riecht nach ihm. Sessel und Teppiche. Überall hinterlässt der Kerl seine weißen Haare. Ich zog mich zurück in meinen Korb zum Nachdenken. Das war eine ganz neue, bisher völlig undenkbare Situation für mich. Wie gerne hatte ich in meiner Jugend die Nachbarskatzen gejagt. Mein erster Garten war nahezu katzenfrei und ich damals ziemlich fit, weil mich diese Schleicher auf Trab hielten. Und jetzt sollte ich mit einem weißen Kater unter einem Dach klarkommen? Das schien mir in meinem Kopf nicht vereinbar. Hunde und Katzen vertragen sich nun mal nicht.

Es überkommt mich, wenn ich das weiße Gespenst sehe. Ich muss mit Vollgas hinterher. Aber ich lege eine Vollbremsung ein, wenn der Kerl plötzlich stehenbleibt, buckelt und faucht. Dann kommt Frauke und sagt beschwichtigend: Lass ihn in Ruhe Max. Aber nach ein paar Tagen setzte ein gewisser Prozess der Gewöhnung ein. Wir sind jetzt so weit, dass wir beide in einem Raum sitzen können – allerdings unter Hochspannung, wie erstarrt. Neulich hatte ich mich über meinen Fressnapf hergemacht in der Küche, als Frauke plötzlich einen Schrei ausstieß. Mautz saß von uns unbemerkt auf dem Tisch und gierte auf mein Fressen. Frauke hat ihn verjagt.

133

Recht so, das geht zu weit. Ich halte mich auch meistens an das strenge Tischverbot. Und mein Napf ist katzentabu.

Aber die Couch ... Da macht er sich breit, hakt sich mit seinen Krallen in Gerds Hosenbeine und wird auch noch von Gerd gekrault. Ich springe rauf, auf Fraukes Seite, und werde von ihr gekrault. Das nennt man wohl Patchworkfamilie. Na warte, wir sehen uns im Garten ... Ich freue mich schon darauf, den unverschämten Kerl auf den höchsten Baum raufzujagen. Sollen sie doch die Feuerwehr rufen, um ihn wieder runterzuschaffen.

Zur Autorin

Jutta Sybille Schütz wuchs in Darmstadt auf, wo sie heute wieder zu Hause ist. Sie studierte Politikwissenschaft, Soziologie und Völkerkunde in Tübingen und promovierte in Mainz.

Danach arbeitete sie als freie Journalistin, Zeitschriftenredakteurin sowie als Autorin von Reiseführern über Mexiko und anderswo. Heute geht sie für Radio Darmstadt auf Sendung mit dem Frauenkulturmagazin „Mathilde on Air" und „Mundo – musikalische Weltreisen".

2022 erschien ihr Roman „Seelenvulkan" im Ulrich Diehl Verlag, 2023 folgte dieser Band mit Glossen und Kurzgeschichten, die einen heiter-ironischen Blick auf das Besondere im Alltäglichen werfen. Er liegt nun in 2. Auflage vor.

Die Autorin ist Mitglied im PEN-Zentrum Deutschland.